花屋カフェLune《リユンヌ》のスペシャリテ

人の縁を結ぶわんこ系男子との不思議でおいしい4ヶ月

白井カナコ

ポプラ文庫ピュアフル

メニュー

Menu

1

どんぐり生ハム

―ポインセチア仕立て

十二月の寒い夜、ポストを開けると封印したはずの過去が待ちぶせていた。

写真つきのポストカードは、遠くイギリスからだった。


結婚しました。

イベリコ豚、もう食べましたか？


なつかしい文字に目を見張る。そしてイベリコ豚。まぎれもなく雅輝《まさき》さんからの葉書だ。

私より五歳年上の二十八歳。明るくて植物が大好きな、かつての恋人だった、あの人。

Merry Christmas の印字の下にはチャペルで寄り添う新郎新婦がたたずんでいる。晴れやかな、それこそ幸せあふれる笑みを浮かべた雅輝さんと、やはりにこやかに笑うイギリス人女性と思われる妻が。

まさか雅輝さんが結婚するなんて。それをわざわざ知らせてくるなんて。

クリスマス・イヴを目前にして、今年最大級のダメージ。胸がつんとした。その、つんとした胸のまま、冷蔵庫のドアへ小鳥の磁石でとめてみた。写真を裏にしたため、呪いの言葉のようなメッセージが見えている。

切れたと思った糸がまたつながろうとしている。蜘蛛の糸のように、か弱そうで強く絡みつく糸が。

造園の仕事に就いていた雅輝さんは去年の初夏、イングリッシュガーデンのガーデナーになるべく渡英した。突然のことだった。

社会人一年目、仕事を覚えるのに精いっぱいの私を置いて、自分の夢を追い求めて。

それでも、いつかまた会えると思っていた。またもとのふたりになれると信じたかった。

気づけばそのまま私たちの関係はフェードアウトしていた。

それが結婚したって？　イベリコ豚を食べたかって？　食べられるわけなんかないのに。

近所の公園のベンチに座ってどれくらいが経ったろう。日曜日の午後、北風がごうごう吹いている。出がけに冷蔵庫を見ても、おとといドアに貼ったエアメールは夢ではなかった。

目の前に置かれている、微動だにしない真っ黒のSLをながめる。昼下がりの寒空の下、しかもこの強風の中、ほかに人影はない。

うすぼんやりとした陽が射し、うなる大風が頬に冷たく打ちつけていく。腰まで伸びきった髪がメドゥーサのごとく乱れる。

ひとり暮らしのアパートのほかに、私はここくらいしか休める場所を知らない。会いにいける友人もいない。都心まで電車で四十分ほど、学生時代から住み慣れた街の公園で北風に吹かれている。

よりによってクリスマス時期に、失くした恋を思いだすなんて。

おまけに仕事では、クレーマーともいえる取引先への対応に毎回冷や汗を流し、上司や先輩たちのお小言に反抗せず謝り、処理しても処理しても溜まっていく苦手な事務作業を残業してこなし、殺伐とした社内の雰囲気に押しつぶされつつある。ストレスが生まれるのも当然だ。

私にはなんにもない。自信もない。一寸先は闇、日々を怯えて過ごしている。

マスクの内側で幾度目かのため息をつけば、バタッと音がした。強風の中でもたしかに聞こえた。とっさに前方を見ると、人が倒れている。

駆け寄ると、パンジーの植えられた花壇に横たわるのは、銀髪の若い男性だった。

「あの、どこか痛いんですか？　あの、大丈夫ですか？」

目を閉じたまま反応がない。息はしている。そうだ、救急車！

鞄の中のスマートフォンをさがしながら男性を見た。

――どういうことだろう。その人がどんどん小さくなっていく。

そのまま私の薬指ほどのサイズになると、それ以上はもう小さくならなかった。具合が悪いというよりも、肩の上下からすると熟睡しているようだ。外傷はないらしい。

顔立ちからすると二十歳を過ぎた、私と同じような年ごろ……って、いったい何者!?

どうしよう。このままじゃ凍え死ぬかもしれない。野良猫にやられるかもしれない。あるいはカラスに。

目覚めると、窓の向こうはすでに陽が沈んでいた。冬の夜はいつも思いがけず早くにやってくる。

そうだ、小さな人！　アパートに連れ帰りテーブルに寝かせて見張っていたのに、私も眠ってしまった。久しぶりに心地のよい眠りだった。

電気をつけてテーブルの上のひざかけをそうっとめくる。

気持ちよさそうに眠っていた小さな人が、くしゃみをした。起きあがって頭をかきはじめる。身につけているのは細身のブラックジーンズに、グレーのだぼっとしたセーター、黒いコートだった。

彼は大きなあくびをすると身体いっぱいで伸びをした。それからにこりと笑った。

「おはよう、ハニー」

しゃべった、日本語を！　しかもハニーって!?

どうしよう、正体不明の生き物を野放しになんてしたくない。しかも、どう見ても男だし。ああ、瓶かなにかに入れておくべきだった。

小さな人はすっくとテーブルの上に立った。ものすごく小さい。

「救ってくれてありがとう。ぐっすり眠って元気百倍！」

にこやかな彼の身体から銀色の光がもれだした。まばゆさに目がくらんで瞬きをした次にはもう、テーブルから下りた彼は私よりも高い背丈になっていた。

身体の線は細く、手足は長い。マッシュウルフというヘアスタイルだろうか。髪の色は暗めのシルバー、眉は黒っぽい。

重たい前髪から見え隠れする黒い瞳は、光の加減で碧みを帯びて見える。その大きなくりくりの目が愛嬌ある眼差しで私を見つめる。

ほがらかで明るく、人なつっこい表情。なんだか子犬に似ている。

甘いマスクとスタイルのよさに見とれていると、彼が微笑んだ。ドキッとして我に返る。

「あ……あの、ちょっと靴！　土足厳禁！」

「ん？　ああ、ごめん」

ブーツを脱いで玄関に置いてきた男の足が、冷蔵庫の前で止まった。あのポストカードを裏返して写真をじっと見ている。その横顔ときたら……！

美しいとは世の女性たちではなく、この男のためにある言葉だと思った。

「あ……あなた何者？」

「ナギの使いだよ。人と人との縁《えにし》を結ぶ、あやかしの親戚みたいなもの」

私に近づき、いたずらっぽく笑ってみせる。そんなの聞いたこともない。

「ナギは植物の一種。葉っぱが丈夫でちぎれにくいから縁が切れないって、縁結びの象徴なんだ。よくご神木として、神社に植えられてるでしょ？」

微笑む彼が憎めない。だけど、得体の知れない相手にはちがいない。

「オレ、感謝してるんだ。きみの役に立ちたい。恩返しがしたいんだ、凪紗《なぎさ》のそばで」

私の名前は、冷蔵庫に貼ったあのエアメールで知ったんだろうか。

「ねえ、なんできみは凪紗って名前なの？　ナギの木に関係あるの？」

「木？　木には関係ないよ、全然」

「そうなの？　あのさ、オレ居場所がないんだ。ここに一緒に住まわせて。お願い！」

「ダメ！　それはかなり、かなり困る！」

見ず知らずの奇妙奇天烈な男と、なんで一緒に暮らさなきゃいけないの、図々しい。

「困るって？　彼氏いないし友だちもいない二十三歳、美容室だってもうずっと行ってない、傷みきった髪の寂しい女の子なのに、どうしてひとりで平気なわけ？」

そこまで詳しく知っているとは。これが〝ナギの使い〟という生き物の力なんだろうか。

そりゃ、ずっと身なりに気を遣えていなかった。恋をするから女はキレイになるのであって浮いた話がない以上、自分磨きなんてやる気も起きない。

「あれっ、言いすぎちゃった？　けどさ、ホントのことでしょう？」

男はダイニングに置いてあるテーブル席に腰を下ろすと、足を組んだ。私はその前に立って彼を見下ろす。沈黙だけが私たちのあいだを流れていく。

「もとの世界に帰ったほうがいいんじゃない？　あなたが住んでいたところへ」

「やだ」

一蹴される。

「オレはね、人の縁を結ぶ〝糸結び〟が使命なの。今は疲れてお休み中だけど。ここにたどり着いたのもなにかのご縁でしょ？　それを薄情にも見捨てるってわけ？」

すねて口をとがらせる様子は駄々っ子そのものだ。ちょっとかわいくもあるけれど。

「……ごめん。どうかお引き取りください」

「ちょっと待って。凪紗はさ、雅輝との失恋引きずって疲れ切ってるでしょ？　助けてあげたいんだ。オレを助けてくれた恩返し」

上目遣いでこちらを見る。雅輝さんとのことまで知っているとは気味が悪い。

「人のご縁のことなら、読めちゃうんだ。オレ、梛乃菖《なぎのしょう》。菖蒲湯のショウブが誕生花だからね。ショウって呼んでね、よろしく！」

にっこり笑って首をかしげる仕草が、なんともあざとい。

この人たらし。放っておけないと思わせるなにかを、このショウとやらは持っている。種族の特性なんだろうか、庇護欲をかき立てる。

それに、困っている誰かを無下にできるような、そんな心ない人間ではいたくない。

向こうはこちらに恩があるんだ、危害は加えないだろう。

「わかった、ひと晩だけね。でも条件があるの。この部屋では、さっきみたいに小さくなってて。狭い1DKに背の高いあなたがいたら、さらに狭苦しいから。存在感を消してくれるならいいよ」

「ホントに？　なら……はい」

光に包まれた一瞬で、彼は薬指ほどの大きさになった。宙に浮いたあと、テーブルの上に降り立つ。

「ちなみにこっちが本来の大きさ。オレみたいのはね、いるところにはいるんだよ」

「ナギの使いが？　会ったことないけど」

「そりゃ正体明かさないから、わかりっこない。普通にいるよ」

え、いるんだ……口にだしそうになって、あわてた。ここでいちいち驚いていたら
ショウという男の思うツボだ。だから笑みを浮かべて余裕を演出してみる。

「そのミニサイズいいね。上のロフトなら使っていいよ。ヘンなことしないでね」

「助かるよ、凪紗」

彼はキレイな笑みを浮かべ、ウィンクしてみせた。まったくどこまで軟派な精なん
だろう。さっきまで寝こんでいたのに、かなり元気になったようだ。だけど一応、世
話を焼いてあげよう。

「喉渇いてない？　お腹すいてる？」

「あー、オレもうダメだ、エネルギーチャージしたい！」

「なら、ごはん食べる？　でもね、あなたにお料理はつくらないから」

「どうして？」

「手料理って、とっても特別なものだと思う。気を許した誰かにでないと、私にはで
きない。つくる側にも食べる側にも、信頼関係が必要だからね」

「それって難しく考えすぎじゃない？」

「私はね、愛を持っておいしくつくることは、愛を持っておいしく食べることと同等

に尊いって思う」

「食べるのにも愛がいるのか……どうでもいいけどオレ、ごくごく飲みたいんだよね」

　そうか、寝起きなんだ。

「お水……っていうより、経口補水液にしとく？」

「は？　ちがうし。ポインセチアだよ。オレの主食は花の匂い！」

「ポインセチア？」

「もうすぐクリスマスでしょ？　だからポインセチアがいいな。匂いを飲むだけで十分」

　ポインセチアの匂いを〝飲む〟ということがまったく理解できない。あれは観賞するものであってそもそも匂いは飲みものにはならないはずだ。いや、ポインセチアに匂いなんてあっただろうか。しかも主食？

　この部屋には植物ひとつ、ドライフラワーさえ置いていない。じゃあ、お花屋さんに行くしかないのか。

「ねえ、もう元気だよね？　お金渡すからお花屋さん、ひとりで行けるでしょ？」

　ショウはじっと私の目を見ていたかと思うと、左耳の碧いピアスに触れた。それから「どうして行きたくないの、花屋」、そう訊いてきた。

「花は、植物はね、ガーデナーをしている雅輝さんにつながるものなの。雅輝さんを忘れたくて、いつのまにか私は植物を遠ざけるようになったの。もともと草花は好きだったのに、見ないように、避けるように、心がけるようになって……」

「それで花屋も避けてきたのか。だったらさ、なおさら行こう。買わないでもさ、連れてってくれたら、こっそり飲めるから。一緒に行こう？」

澄んだ碧い瞳で首をかしげる。

「……うん」

心の中をさぐるような眼差しに、嫌だとは言えなかった。コートを着てマフラーを巻き、白い使い捨てマスクを装着する。

マフラーに埋もれたショウを右肩に乗せ、駅の近くの三日月通り商店街にやってきた。

「今日は風巻がすごかったけど、さすがにやんだね」

肩の上で小さな声が聞こえた。

「しまき？」

「激しく吹き荒れる風のこと。でもさ〝北風は日いっぱい〟っていうんだ。夜にはたいてい、こうしてやむんだよね」

言われてみればあの大風がやんでいる。なにやら物知りなナギの使いだ。

歩いていくとお花屋さんが見えてきた。

丁字路の角、クリーム色の三階建てビルの一階。正面に大きなガラス窓のあるお店はお花屋さんで、右側に小さな窓のあるカフェバーを併設している。アパートからは徒歩十分、駅からは徒歩五分ほどの立地だ。

この〝Ｆｌｏｗｅｒ　Ｓｈｏｐ　Ｐｅｔａｌ〟は、ショウを拾ったＳＬ公園の近くにある。オープンしたのは去年の冬で、ペタルとは花びらの意味だという。

気になっていたものの入ったことはない。植物を遠ざけていたせいもあるけれど、おしゃれでキラキラしていて、私にはほど遠いお店だと感じていたから。

だけど今はポインセチアという立派な目的がある。それに、私ひとりじゃない。

シンボルツリーのオリーブやミモザの大きな鉢植えが飾られたお店の前には、電飾の光るクリスマスツリーもたたずんでいる。右側のカフェバーのＢＧＭのジャズとお客さんの笑い声が、少し開いた窓から漏れてくる。

立ち止まり、深呼吸をひとつ。それから咳払いをして肩に声をかける。

「ちゃんと隠れててね」

「任せて」

お花屋さんのドアを開けると、店内にはたくさんの花が鮮やかに咲き誇っていた。台の上にはシクラメンや胡蝶蘭にオンシジウムが並び、壁にはクリスマスリースやスワッグ、鹿のツノのようなビカクシダも飾られていて華やかだ。

「いらっしゃいませ」

男性店員さんが声をかけてくれたものの、花を選んで束ねながら、先客のカップルの応対をしている。

さすがはクリスマスシーズン。クリスマスなんて恋人や夫婦、家族のあいだにある幸せの象徴じゃないか。おまけに店内の植物たちがかなりのエネルギーを放っているように感じ、圧倒されてしまう。

くらくらしながらゆっくりと店内を見回す。お花屋さんとカフェバーには壁がなく、一体化した造りになっている。背の高いウンベラータ——ハート型をした大きな葉が特徴の観葉植物——が等間隔に配置されて、自由に行き来ができるような仕組みだ。

ＢＧＭは共通で、どちらにも静かにジャズが流れている。

「いらっしゃいませ、お待たせしました」

奥からでてきた、べつの男性店員さんが迎えてくれた。三十代前半くらいだろうか。パーマがかかった黒髪に黒縁メガネをかけた、おしゃれな人。

緊張して顔を見られず、視線を落とす。店員さんは黒いタートルネックセーターに黒い胸当てエプロン姿で、首にかけた緑のストラップの先に〝ＮＡＲＵＭＩＹＡ・成《なる》宮《みや》〟と書かれたネームプレートをぶら下げていた。

「ごゆっくりご覧ください」

「あ、あの、ポ……ポインセチアを、見せてください」

そう言ったところで気がついた。見せてと言ったからには買わないとならなくなってしまった。やっぱりいいです、なんて言えるタイプではない。植物を身近に置きたくなんかないのに。

「こちらにあります。昔は赤が主流でしたけれど、今はピンクや白もよくでますね」

店員の成宮さんが示した台を見る。茂る緑の葉の上は赤やピンクに白と、それぞれが着飾っている。

こうなったらもう買うしかない。それにやっぱり、ただ飲みはよくない気もするから仕方がない。

「ちなみにポインセチアの赤って、花じゃないんですよね」

成宮さんのいきなりの説明に、びっくりした。

「え……は、花じゃないんですか？」

「葉が変形したもので、苞葉っていうんです。花はこの赤の真ん中の、黄色い小さい粒みたいなやつですね」

「ほ、ほうよう……」

その言葉を覚えようと思った。仕事以外のことを覚えようなんて、めったにない。

「それから、花言葉は〝祝福〟です」

唐突にあの写真が頭に浮かぶ。雅輝さんと新婦のツーショット。

祝福、されたいんだろうか。祝福、できるんだろうか。

結婚だなんて、彼が果てしなく遠くへいってしまったんだと身にしみる。どうして結婚したの。どうして今ごろ連絡なんかを。考えていると涙がにじんでくる。

あわてて洟をすすって、声をかける。

「……あ……あの、赤いのください、このポインセチア」

「ありがとうございます。プレゼントですか？」

「い、いえ自宅用です。あ……あのやっぱりプレゼント用で、すみません」

緊張して早口になってしまう私に、成宮さんは「かしこまりました」と、破顔する。

やんわりとした声にほっとしてお代を渡した。このポインセチアは自分へのプレゼントでもあると思いながら。

ラッピングしてくれるのを見るともなしに見る。三十センチほどの高さのポインセチアの鉢がタオルで拭かれた。

「は……花言葉、お詳しいですね……」

思っていたことが自然と口をついてでた。

「いや、ホントにちょっとだけですよ。でも花言葉って訳し方によってもちがうんですよね。日本独自のものもあったりして。だからこのポインセチアにも、ちがった花言葉があるかもしれませんせん」

説明しながらポインセチアの鉢を透明セロハン、そしてシックなこげ茶色のラッピングペーパーで飾りつけていく。

「なーんて言っても、僕としては花言葉にはこだわらないんですけどね。いい意味の花言葉じゃなくても、花はキレイですから」

たしかにそうだ、花がキレイなことに変わりはない。

「あの……お花……お、お好きなんですね」

「はい、好きですねえ」

そのとき、男性のお客さんが隣のカフェバーからお花屋さんに入ってきた。ウンベラータのわきをすり抜けて。

「いらっしゃいませ」

成宮さんが声をかけると、お客さんは「ちょっと見せてください」とおじぎをした。

「ごゆっくり」、そう返した成宮さんはふたたびポインセチアに向きあい、リボンを結ぶ。

「こんなふうにカフェバーの隣に花屋があれば、ふだん花屋に行かない人も花が身近になるかなって。それで知り合いがカフェバーを、僕が花屋を営む、花屋カフェになったんです」

「そ、それじゃあ、こ、こちらの……」

「ええ、花屋のほうの店長です……はい、できました。お待たせしました」

「あ、ありがとうございます」

ポインセチアには深紅のサテンリボンが結ばれている。もうラッピングは終わってしまったけれど、もう少しだけ花に囲まれていたい。

「あ、あの、ちょっと店内、見せていただいても、いいですか？」

「もちろんです、どうぞ」

ぺこりとおじぎをしてから店内をながめると、台の上に小さなフライヤーを見つけた。〝フラワーアレンジメント教室〟とある。ここで習えるんだ。

それからゆっくりと鉢物やアレンジメント、切り花を見て回った。

色とりどりの花たちにあらためて感じ入る。心がふんわりと華やいでくる。

今日を境に花とまた近しくなってもいい。自分が好きだったものまで封印することはない。それは人生をマイナスに受け止めるだけの愚かな行為だ。

もっと自由にできたらいい。気持ちをラクにして植物と向きあえたら。

「花って、しゃべらないのになにかを語ってくれる。だから僕は花が好きです」

成宮さんのほうを向けば、私を見ていた。

「ほら。あなたをやわらかい表情にしてくれる。マスクの上の目が明るくなった」

とたんに顔が赤くなっていくのがわかった。成宮さんは続ける。

「花は心をやわらかくしてくれるんですよね」

「こ、心を、やわらかく……」

「実際の花屋の仕事はキレイなだけじゃなくて、なかなかの体力勝負ですけど……っ て、中の人の情報はいらないですね」

照れたように成宮さんが後頭部に手を当てた。その仕草が年上なのに子どもっぽく て、親近感を覚える。

「そ、それじゃ……あ、あの、ありがとうございます」

ポインセチアの入った袋を受け取り、店主より先にお礼を言ったのは私だった。素直に感謝を伝えたかった。

「こちらこそ、ありがとうございます。これ、オープン一周年記念の、隣の花屋カフェのクーポンです。よかったらどうぞ」

1ドリンク無料券だった。それを受け取りもう一度「ありがとうございます」、今度はゆっくりきちんと発音した。

「あの、すいませーん」

さっきの男性のお客さんの声がする。もうひとりの店員さんは、まだカップルの相手をしている。

「あ、じゃあ僕はこれで失礼します。ありがとうございました、お気をつけて!」

成宮さんはほがらかに言い残して去っていった。

ドアを開け、とりあえず歩きだす。行くあてもなく、なんだかぽおっとした頭のまま、駅前へと向かった。

おとなしくしていたショウは、闇にまぎれて肩からポインセチアの上に舞い降りた。

「匂いでお腹いっぱいになるなんて不可解。そもそもポインセチアって香るんだっけ?」

「オレにはちゃーんと香るんだよね。でも、人間にはポインセチアは毒だから食べたりしちゃダメだよ? 触るくらいなら平気だけど樹液は注意してね」

「そうなの? 知らなかった」、つぶやいて返す。

「凪紗は初対面の人と話すの緊張するの? 花屋で、声がおっかなびっくりだった」

「うん。ここ一年くらいでひどくなっちゃった。自分に自信がないからかな。うまく話せなくて、よけいに緊張する。人と接するのは、かなり大変」

「オレとは遠慮なくしゃべるのに」

「そうだよね。人とはちがうって思うから、安心できるみたい」

「ふうん。緊張するからマスクして、顔隠してるんだね」

痛いところを突かれた。マスクは私と外界とを隔ててくれる、最後の砦。

大流行したウイルスによる感染症対策で、一時期は世の中、マスクをつけないことが非常識となった。やがてウイルスが落ち着いても、私はマスクを外せなくなっていた。これは風邪予防でも、ウイルスへの恐怖でもない。

マスク越しに見える外界は心なしかこぢんまりとしていて、すべての物事と、ほどよいソーシャルディスタンスを保てる気がする。その中でずっとずっと穏やかに暮らしたい。

「マスクってね、安心するの。柱の陰から世の中を見ているみたいで」

「そっか。ね、凪紗の夕食はどうする？　つきあうよ」

小声が、真っ赤なポインセチアから聞こえてくる。

「ショウって花の香りだけじゃなくて、ごはんも食べられるの？」

「食べることはできるよ。基本、花の匂いだけでいいってところ。けど凪紗はちゃんと食べなきゃダメだよ。部屋にサプリメントの瓶、いっぱいあったよね？」

そんなところまでチェック済みなのか。ビタミンCと鉄、カルシウムだけなのに。

「あのね、ハニー。食べることは、生きることなんだよ？」

食べることは、生きること――もっともらしい言葉だけれど。

「べつに私、食べたいものないし食欲もないよ。あんなエアメールが来ちゃったんだもん、なおさら」

ショウの返事はない。まさか消えてしまったんだろうか。

気づけば私のかたわらに誰かがたたずんでいる。

「人間サイズのほうが、ちゃんと凪紗と話せるからね」

背が高く、すらっとした手足に銀の髪。まるで海外のモデルのようだ。そんなショウがくりくりの瞳で話しかける。

「今夜は冷えるよね。早く店に入ろう。飲食店さがすよりさ、さっきの花屋の隣、カフェバーに行かない？」

「実は気になってたの。だけど私なんかがひとりで入るなんて、勇気が出なくて……」

「私なんかって言わないの。じゃ、行くよ」

やさしい声をだしたショウと、クリーム色の雑居ビルに戻る。三階建てで、上のテナントには歯科医院や企業が入っているのがわかった。

店の前のクリスマスツリーはやっぱりきらびやかで、雅輝さんと出会ったクリスマスのころを思いだしてしまう。ツリーのてっぺんのベツレヘムの星も、聖なるイメージより焦りと孤独を私に押しつける。

あの笑顔も香りもぬくもりも、まだこんなに覚えているのに。どうしてもう会えないんだろう。手を伸ばせばあたりまえにつなぎ返してくれたのに、どうして私はひとりになってしまったんだろう。

涙のにじむ瞳でお花屋さんの右隣を見る。入り口の壁には〝花屋カフェ　Lune〟とロゴがある。ルーン？　リューン？　なんて読むんだろう。

考えていると、ショウが店先の黒板をながめはじめた。隣に行って私ものぞきこむと、前菜やクリスマスチキンに交ざって〝イベリコ豚・ベジョータの生ハム入りました！〟とチョークで書かれている。

雅輝さんのポストカードの言葉、頭の中にこびりついたキレイな文字を思う。

食べたことのないイベリコ豚は、花たちと同じく、私が避けてきたものだ。だけど、それは今食べるべきだろうか。このまま一生イベリコ豚を食べることがなくても困りはしないだろう。雅輝さんのイギリスからの挑発に乗る必要もない。ないのだけれど、イベリコ豚・ベジョータの生ハム――白いチョークで書かれたそれが気になる。

「入ろっか」

ポインセチアをひょいと持ってくれたショウが、店のドアを開けようとしてふり向いた。

「いい？　食べたら、ちゃんと自分の身体の一部として生まれ変わる。食べることは明日の自分をつくるってこと。凪紗は今、明日の自分のためにあいつを食べなきゃならないんじゃないの？」

「明日の、自分？」

「そうだよ。避けて、逃げ続けるのもひとつの方法だよ。それをオレは否定しない。でもね、正面から喰らいつく方法もあるってこと。食べて喰らって栄養つければ昨日までの自分より、明日の自分は大きくなってる」

「それって太るってことじゃん」

「茶化さないの」

ちょっと怒ったようなその声に、私はふうっとため息をついてからショウを見あげた。

「無理に喰らいつかなくてもいいのに。逃げるが勝ちって言葉もあるよね？　弱ってるときは喰らいつくなんて、とてもできないよ」

「できるよ？　凪紗はひとりじゃない。オレが一緒にいるから」

やさしげな笑みを見せて、ショウが店のドアを開ける。

「ほら」、背中を押され、私は花屋カフェに足を踏み入れた。

店内は賑やかで活気がある。

なんとなく一歩が踏みだせず、入り口に立ちつくしていると、鼻の下にヒゲを生やしたおじさん店員が、にこやかに対応してくれた。黒いエプロンの下の小花柄のシャツが似合っている。

L字型のカウンター席に案内された私たちは、隣同士に座った。目の前はオープンキッチンだ。カウンターには白いバラ一輪が、ヘデラを添えて生けられていた。

「なんにする？　お酒頼む？」

メニューを私に広げてくれたショウが訊く。ドリンクの種類が豊富なようだ。

「お酒ってショウ、いくつなの？」

「二十二歳かな、たしか」

私よりも年下なのか。ここは私がしっかりしないと。メニューをじっくり見る。

「あなたは寝起きなんだから、特別にブラッドオレンジジュースね。ちょっぴり大人の味」

「えーっ？　病み上がりでもなんでもないのにー。元気なのにー」

口をとがらせるショウのことは無視して、食べ物のリストに集中する。

「トマトとモッツァレラチーズのカプレーゼと、サーモンのマリネにしようかな。あとはショウが食べたいもの注文していいよ。ごちそうするからね」

メニューに見入った彼は店員さんを呼んで、私が決めた料理を注文してくれた。

「あと、イベリコ豚の生ハムお願いします。表の黒板に書いてあったやつ、ベジョータ」

あろうことか最後にそうつけ加えると、髪をひとつに束ねたかわいい系の女性の店員さんは、注文を復唱して去っていった。

食べたくなんかないのに。ショウを横目でにらんでから、心許なく店内を見回す。テーブル席には数色のアースカラーの椅子が置かれ、どこも埋まっている。壁には飾り棚があって、鉢植えや水に生けられた植物が置かれていた。

壁にかかる大きなクリスマスリースもナチュラルなこのお店によく似合うデザインで、さっきのお花屋さん――成宮さんがつくったのかも、なんて思ったりする。

とにかくおしゃれで自分なんか場ちがいなんじゃないかと縮こまってしまう。

やがて飲み物と、トマトとモッツァレラチーズのカプレーゼがテーブルに置かれた。私のオーダーした赤いサングリアにはオレンジスライスがグラスの内側に一枚飾られ、黄色や紫のビオラが浮かんでいる。ショウのブラッドオレンジジュースには、同じくオレンジスライスと、黄色いナスタチウムが飾られていた。いちいち花の名前がわかってしまうなんて、雅輝さんに教えてもらった知識が哀しい。

マスクをはずしてチャックつきビニール袋に入れ、鞄にしまう。

「カンパーイ!」

ショウがブラッドオレンジジュースのグラスを寄せる。

「乾杯」

私もサングリアのグラスを持って、そっとショウのグラスに寄せていただく。

赤みがかった濃い液体は情熱的な味わいで私の喉を潤す。トッピングされたビオラがその可憐なビジュアルで緊張した心を和ませてくれる。

「うわ、このジュースおいしい」

はしゃぐショウがカプレーゼを取り分けてくれた。

「ありがとう、いただきます」

つぶやいて口に入れる。ときどきサングリアをちびちび飲む。

そうこうするうちにイベリコ豚の生ハムがテーブルに置かれた。すかさず訊いてみる。

「こ、ここれって、〝ハモン・イベリコ・デ・ベジョータ〟ですか？　どんぐりを食べてる……」

前にネットで調べて、呪文のようなその名を覚えた。

「はい。こちらはベジョータですから、どんぐりを食べてますよ。イベリコ豚はどんぐりを食べてるイメージがありますけど、それはごく一部ですもんね」

さっき飲み物を運んでくれた店員さんがほがらかに教えてくれた。かなり短い髪で声も低めの女性……ではなくて男性だ。きっとそうありたいのだろう。スタッフの制服の黒いシャツがよく似合っている。

その人は近くの壁際のバーコーナーでカクテルをつくりはじめた。こなれたシェーカーさばきに見とれてしまう。

「凪紗、召しあがれ」

「え、う、うん……」

白いお皿に載った生ハムを見据える。これこそが、どんぐりを食べている豚……。

去年の春先、雅輝さんのアパートに遊びにいったときのこと。ふたりでつくったグラタンを食べ終えた昼下がりだった。

つけっ放しにしていたテレビで東京大空襲の特集番組がはじまった。

それを見てふたりでぐすぐす泣いた。なんでこんなことが、とか、むごいね、とか、平和な日本になってよかったよね、とか言いながら。

そのあとに始まったバラエティー番組で女優が食べていたのが、イベリコ豚の生ハムだった。どんぐりを食べて育った〝ベジョータ〟にランク分けされる、希少なスペイン産だ。

『この女優さん、なんていったっけ。凪紗に少し似てるのな。目もとの辺りとか』

鼻声で雅輝さんが言う。

『似てないよ、全然』

私も鼻声だった。雅輝さんはきっと、戦争という過去の事実に引っ張られる私を、現実に連れ戻そうとしてくれたのだろう。

だから私は、どんぐりを食べる豚なんてどんな味かな、そんなことを言ってみた。

ベジョータではないイベリコ豚なら食べたことがあるという雅輝さんは『イベリコ豚知らないの？』と目を丸くし、おどけた顔をしてみせた。

そりゃ、友だちと呼べる人がいない私は、そういう店に行く機会もないから知るも食べるもその機会だってない。

いつか絶対に食べたい、はしゃぐように私は言った。一緒に食べたい、そう願った。

雅輝さんは言ってくれた。どっちかの誕生日か、そうだ、クリスマスにしよう。クリスマスにふたりで食べよう、ベジョータを。大真面目な顔で約束してくれた。

『凪紗のはじめてを、俺も一緒に経験したい』

そう言って抱きしめてくれた。雅輝さんの腕の力が、私は今ここにいるのだと教えてくれた。

初夏になって、彼はイギリスに移住した。イベリコ豚を一緒に食べることもないままに。

突然の渡英だった。イングリッシュガーデナーを夢見ていた雅輝さんだったけれど、イギリスへ行くなんて相談もなかった。もっとも五歳も年下で、社会人になりたての私なんかに相談などできやしなかったろう。

以来、植物同様イベリコ豚もまた、私は避けてきた。

そうやって避けて、忌み嫌って、もう忘れたつもりでいたのに……ずるい。ずるいよ、今ごろあんなエアメールなんか。

熱い塊を飲みこんで洟をすすると、ショウが生ハムのお皿を私の前に近づけた。

「お先にどうぞ。決戦のときですかね」

小さな声で、ショウに勧められる。

「……うん」

薄い生ハムは、イタリアンパセリとオレンジ色のナスタチウムの花が添えられていた。その緑とオレンジ、生ハムの透明感あるバラ色とのコントラストが美しい。

「いただきます」

両手を合わせて生ハムを拝み、フォークですくった。そっと口に入れて咀嚼する。

塩気と旨みのバランスが絶妙だった。噛むほどに、濃縮された少ししょっぱい旨みが小気味いい弾力とともに口の中へ広がっていく。けれどこれといってどんぐりを連想させる味ではない。

「オレももらうね」

ショウもフォークで生ハムを一枚、口に運ぶ。

「あ、どんぐりっぽい」

彼はその得体の知れない力で、どんぐりの匂いを嗅ぎ取ったのかもしれなかった。

とにかく私はまたしても過去に彷徨っている。だからこそ聞いてもらいたい。

「はじめてのイベリコ豚をね、雅輝さんと一緒に食べる約束だったの。どんぐりを食べて育った種類の豚を。だけど、果たされることはなかった」

「うん」

「雅輝さんが旅立ってから、はじめは頻繁に連絡しあったけど。いつのまにか私への返事だけになって、そのうち返事もなくなって、連絡が途絶えちゃった」

ナスタチウムの花を口に入れたショウは、神妙な顔で聞いてくれる。

「もっと早く、たとえば雅輝さんのいるイギリスへ押しかけて、ふたりでスペイン料理屋さんをさがしだして、イベリコ豚を食べていたら、もしかしたら……」

「もしかしたら？」

「もしかしたら今、雅輝さんの隣にいたのは私だったかもしれない……雅輝さんはね、いつでも、なんにでもまっすぐな人で、そういうところにすごく惹かれてた。私もそんなふうでありたいって思ってた。雅輝さんのこと、真剣に大好きだった……そりゃ私はまだ、結婚なんて考えられないけど。なんで私じゃなかったのかな……」

言葉にすると自分がひどくみじめに思えた。サングリアのグラスを両手で包み、ぐっと力をこめる。

「あのさ、もしかしたらって言っても、人生なんてそんなもんじゃない？」

ショウの穏やかな声。

「右へ行くか左へ行くか、もっと言えばさ、家をでるときに右足からでるか左足からでるか、たったそれだけのことでもその先の運命は変わるんじゃない？」

隣を向くと、ショウは私を見ていた。

「小さな選択のひとつひとつが過去になっていくんだよ。大事なのは後悔するより、その先を、未来をどうしていくかってことだよね？」

雅輝さんがいたはずの右隣には、どういうわけかナギの使いとやらがいて。雅輝さんと食べるはずだったイベリコ豚のベジョータを、こうしてショウと食べている。叶わなかった無邪気な約束を、私は今、食べている。

これも選択のひとつなんだ。

そして時が経てば人は変わってしまう。変わらないでほしい距離も、想いも。


「サングリア、お口に合いますか？」

空いた皿を下げに来た店員さんに訊かれた。さっきのあのボーイッシュな人だ。私より年上で雅輝さんよりは若そうに見える。

「自分がつくったんです、サングリア。赤ワインにフルーツやスパイスを入れて」

「手づくりなんですね。おいしいし、エディブルフラワーが飾られていてうれしいです。味わえました、胸がいっぱいでも」

一杯のサングリアでちょっと酔ったのかもしれない。初対面なのにするっと話せる。

「それっていい意味で胸がいっぱい？」

店員さんに訊かれ、思わず苦笑いをする。

「いえ、あの……よくない意味で」

「心配！　なにかあったんですか？」

ぐいぐい訊いてくれるのが全然、嫌じゃなかった。

「この人、失恋したのを思いだして荒れてるんです」

許可なく勝手なことを口走るから、ショウにひじ鉄砲をお見舞いしてやる。

「失恋かあ……自分も失恋ならたくさんしてますよ。大事なのは上手に弔いの儀式をすること。別れた彼女の好きだったレストランで食べおさめをするとか、彼女との思い出の品は全部捨てるとか」

――彼女。たしかにそう言った。

「あれ？　今って自分、さらっとカミングアウトしちゃった？」

うなずいてみせると、店員さんは苦く笑った。私もつられて笑みを浮かべる。

「人それぞれでいいと思います。だからオレ、人って好きなんです」

ショウの声が溌溂としている。

「ありがと、イケメンくん！　自分はね、ロミって呼んでもらってる」

「ロミさん！　オレはショウ。こっちは凪紗」

人なつっこく話すショウのわきで、私はロミさんという人間を受け止めようとした。

「やだな、凪紗ちゃん。そんな難しい顔しないでくださいよ」

「あ、はい……あの……お弔いの儀式」

ロミさんが首をかしげた。

「私も今夜は、お弔いの儀式をしてるんです……イベリコ豚」

そう言って一枚残った生ハムをフォークですくって口に入れた。味わいながら咀嚼して飲みこむ。それからサングリアを飲み干した。

「うん、大事なことだよね。もう一杯飲む？　ショウくんも。ごちそうしてあげる」

あたたかな声で訊いてくれたロミさんが、早速ふたつのサングリアを持ってきた。

オレンジスライスのほかに、ショウには黄色、私には紫のビオラが飾られ、かわいくデザインされている。

「サングリアってスペイン語の〝sangre《サングレ》〟からきてるんですよね。つまり、身体を流れる〝血〟の意味。だからサングリアを飲めば、元気がみなぎるよ」

そう教えてくれたロミさんはキッチンへと戻っていった。ショウとまた乾杯をしてから、いただく。赤ワインの風味にフルーツの控えめな甘さとスパイスが飲みやすい。

「オレンジとブルーベリーにラズベリー、イチゴが入ってる。香るスパイスはシナモンか」

ショウの解説のおかげで、なるほどそうなんだとより深く味わえる。

それからサングリアも飲み終わって、私たちはお店をでることにした。マスクをつけて席を立つ。

お会計で1ドリンク無料のクーポンを使うのは遠慮した。対応してくれるロミさんがくじ引きの箱を差しだす。オープン一周年キャンペーンとのことだ。

ショウに勧められ片手を箱の中に入れた。くじをかき回して一枚引き、ロミさんに渡す。

B賞、駅前の映画館のペアチケットが当たった。

商品をもらったところでペアチケットというのが気になった。いったい誰と行けばいいんだろう？

「ふたりともまた来てね。自分、ここでバーテンダーをメインにやってるんです」

「そうなんですね！　あの、今さらですけど、こちらのお店の名前、なんて読むんですか？」

ずっと気になっていたことを訊いてみた。酔いのおかげか、言葉がつかえない。まさしくサングリアは元気の源だ。

「リュンヌ、っていいます。フランス語で、月」

そうしてその素敵な名前の花屋カフェを後にした。隣のお花屋さんはまだ電気がついていた。おつかれさまです、さようなら。姿は見えなくても、心の中で声をかける。

ショウとふたり夜道を歩いていくうちに、自然と深いため息がでた。

「どうしたの、凪紗」

あたりまえのように名前を呼ばれた。下の名前を呼び捨てにするなんて、思えば今は亡き父と、母と兄、雅輝さんだけだ。

動揺を悟られないように、咳払いをしてから言ってみる。

「あのお花屋さん、ポインセチアの花言葉を〝祝福〟って言ってた。私ね、祝福なんてできない。もちろん、雅輝さんの結婚のこと」

「そっか。べつにいいんじゃない？　祝福しても、逆にずっと呪っても」

あたたかな物言いだった。

「どっちが幸せな生き方かっていったら前者だけどさ。正直でいたらいいよ、凪紗は」

正直でいたらいい――。

足を止めて空を仰げば、ビルの狭間に月がいた。もうすぐまんまるになろうとしている月は煌々と輝き、その光で私とショウを照らしている。そよ風が通り過ぎていく。

「ポインセチアのほかの花言葉はね、〝私の心は燃えている〟。それが嫉妬の炎でも、新しく夢中になるべきものをさがすエネルギーでもさ。凪紗ならこれからもやっていけるよ」

誰かに自分を受け止めてもらいたかった。ただやさしく、そっと、こんなふうに。

涙があふれそうで、また夜空を見あげた。

夜になれば雅輝さんもこの月をながめるだろう。そう考えては胸がきりりと痛む。

「私ね、学校で周りの子と、ほんとうには仲よくなれなかった。卒業すると疎遠になって、今でも友だちがいない」

ショウの聞き入る顔が月明かりに照らされている。

「大学に入っても、友だちはつくれなかった。周りはみんな入学前からＳＮＳでつながってて、とても入りこめなくて。でもね、大学四年のとき、おとどしのクリスマス前にね、バイト先の常連客だった雅輝さんが声をかけてくれたの」

「バイトって？」

「ハンバーガーショップ。接客は苦手だから、レジじゃなくて、キッチン」

「そっか。なんて声かけられたの？」

「私、お店の観葉植物に水をあげるのが好きで。その日の夜も、ポインセチアに水と肥料をあげてたら、〝ポインセチアは真冬に肥料はやらなくていいかな。水やりは朝、乾いてからね。昼間はもっと陽の当たるところに置いてあげたほうが喜ぶよ。明るいところが大好きだから〟って、教えてくれたの」

「口うるさい客だなあ」

「そんなことない。フレンドリーに話しかけてくれて、すごくうれしかったんだから」

思いだすと、胸が哀しくときめく。もう忘れたいのに、今夜の月みたいに輝いていた、私たちの出会い。傷ついてもなお、いつまでも眩い。

「私ね、雅輝さんが来るたびに、植物のことを聞いたりするようになって。クリスマスの日に、つきあいはじめたの」

「ポインセチアのつないだ恋、か」

「うん。雅輝さんと出会って、私を取り巻く世界が輝きだしたの。楽しい日々をたくさんくれた。なのに突然、イギリスへ行っちゃった。花言葉のとおり〝私の心は燃えている〟だよ。嫉妬めらめらだよ。だけどね、それ以上に……」

ショウが私の顔をのぞきこんだ。

ショウになら、なんでも話せるような気がする。人じゃない、ショウになら。

「それ以上にね、私、かなり落ちこんでる。こんなにショックだなんて、どうかしてると思う。だけど、雅輝さんと過ごした時間を思いだしちゃう」

静かにショウは聞いてくれる。

「雅輝さんと出会って動きだした日々が、雅輝さんと自然消滅したころに壊れちゃって、あのポストカードが来たときに完全に止まっちゃった。ポインセチアを買ったのは、ショウのためだけじゃなくて、私が踏ん切りをつけて次のスタートにするためでもあったのに……ダメなんだよね、思いだしちゃう」

唇を噛みしめると、肩にショウの手がそっと置かれた。

「でも、凪紗はもう、大丈夫。凪紗はオレを見つけた。少しずつ凪紗の心は溶けていくよ。オレは凪紗の味方だから」

弱った心をその言葉はやんわりとくるんでくれる。助けたショウに、かなり助けられている。私はまた月を見あげた。ぼやけた月はいちだんと輝いて見える。

「……帰ろ。今夜は泊めるから。でもミニサイズで、ロフトでね」

「ありがとう！」

ふいに抱きしめられた。

「ハニー、このご恩は忘れないよ～っ！」

「ちょっとショウ、なにしてんの？」

「だって、うれしいから！　築三十三年ロフトつき1DK、バンザイ！」

じゃれた子犬にまとわりつかれているみたい。しっぽがあったら、絶対に振っていそう。

月はひっそりと私たちを照らしている。

——雅輝さん。イベリコ豚、今夜食べたよ。私はもう、雅輝さんから逃げないよ。

膨らんでいく月に、想いを飛ばした。

2

くるくるパスタ

―かすみ草の香りをあしらって

朝が来て、物置代わりの狭いロフトで目覚めたオレは、階下にあるポインセチアに舞い降りた。二階の南向き、フローリングの部屋のミニテーブルにその赤は置かれてある。

すうっと香りを吸いこんで飲みはじめる。ささやかな甘さと引き立つ青さ、ほんの少しビター……うん、うまい。あの成宮とかいう店主、いい鉢をゲットしたな。

暮らしていた場所から逃げてきたオレは、花の香りも飲まず、このまま死んでいいとさえ思っていた。そこを昨日、凪紗に助けられた。倒れたままだったら、どうなっていたかわからない。

目覚めて凪紗を見た瞬間、哀しげなこの人の前では明るくいようと誓った。ナギの使いでも人でもなく、オレはオレとして生きようと。彼女を助けようと。

スマートフォンのアラームが鳴りだす。もそもそと止めた凪紗に声をかける。

「やっぱ朝イチの香りはおいしいね！　おはよう、ハニー」

「おは……おはよう」

起きあがった彼女の長い髪がぼさぼさしている。けだるい表情でオレを見ているのは、夢かうつつかと確認しているようだ。

「あのさ……ちょっとさ、私着がえるから。外でてね」

ここで反抗しては今夜の宿は危うい。仕方がないからベランダにでた。だけど寒すぎる。

部屋に戻ろうとすると、窓もカーテンも閉められた。凍えちまうじゃないか。

どれだけの時間ベランダに置き去りにされたのか、

「オッケー、入って」

カーテンと窓が開いてやっと部屋に招き入れてもらえた。ついでに人間サイズになり、そのままダイニングのテーブル席に座ってみた。

「なんで大きくなっちゃうかなあ」

「人としゃべるには大きいほうがいいし。ほら、座って気配消せば、平気でしょ？」

「全然消えてないんですけど」

「てかさ、なんで？　なんで着がえだけじゃなくて化粧までしてるの？　オレかわいそう、すっごい寒かったんだよ？」

上目遣いで首をかしげてみせると、凪紗はフフンとにやけた。

「だって、ショウにすっぴんなんて見せられないし」

「なんで？」

「すっぴんはね、大切な相手に、自分を全部さらけだせるようになったとき、やっと見せられるものなの。とっておきのものなの」

……は？　髪の毛は傷み放題で無頓着なのに、なにを言っているんだろう。

「どーでもいいし」

それから顔を洗い終えると、凪紗がトースターでパンを焼いている。

「朝ごはん、サプリだけじゃないの？　今までそうだったでしょう？」

「夕べ、コンビニでパン買って帰ったじゃない？　ショウがさ、食べることは生きることだって言うから、ちゃんと食べようかなって。トーストしてあげるよ。手料理でもないし」

「そっか。せっかくだけどいいや。ポインセチアでもうお腹いっぱいだし。凪紗はちゃんと野菜も食べるんだよ？」

華奢な後ろ姿に声をかける。

「はいはーい。野菜ジュースでカバーしまーす」

「歯ごたえも大事だよ。ねえ、凪紗はこれから仕事でしょ？」

「うん」、朝食を広げた凪紗がダイニングキッチンの二人用テーブルについた。

そんな彼女の前の席におずおずと腰かける。

「それで、あの……ワタクシはなにをすれば今夜も泊めていただけるのでしょうか？」

「今夜も？　あのさ、いつまでいる気？」

トーストにジャムを塗る凪紗が驚く。ハスカップジャムがお気に入りのようだ。

「まあ仕事が見つかるまでは。見つかればすぐに稼いで、自分で部屋、見つけるよ」

「仕事って働くの？　だってショウは人のご縁をつなぐ、ナギの使いなんでしょ？」

「だからそっちは今のところ休業中だってば」

「どうして？」

「ナギの使いである意義がよくわからなくなってさ。そんで……そんでさ、もっと人を知りたくて仕事に就こうかなって思って。今までもホテルのレストランの洗い場スタッフとかやってたんだよね」

「そっかあ。いろいろ大変なんだね。でも、そうそうふた晩も泊めないよ」

そっかあ、またつぶやいて凪紗はトーストにかぶりつく。

「このジャム、お兄ちゃんの北海道旅行のおみやげなの」

やがてハスカップジャムを塗ったそれを食べ終えると、おもむろにサプリを数種類、野菜ジュースで流しこんだ。べつに否定はしないけれど、三食をきちんと食べていることが前提だと思う。せめて昼ごはんくらい……。

「弁当、オレがつくろうか？　今から急いで。パンあるからサンドイッチでも」

片づけをはじめた彼女に訊く。

「平気。よく会社でお弁当頼むの。会社にとっても、お弁当屋さんが大事なお客さんだから、つきあいで」

なるほど、そういう大人のつきあいがあるのか。

「それより、ショウも私と一緒に部屋でるよ？」

凪紗の顔には早くでていけと書いてある。

「えっと……年末だし、オレ、この部屋の大掃除でもするよ。ですので今夜も……」

「ヤダ、絶対ダメ！　昨日出会ったばかりの男の人に、掃除とか片づけとかしてもらうなんて気持ち悪い。ほら、でるよ！」

そんなこんなで、出勤準備の整った凪紗に問答無用に追いだされた。

「それじゃあ、ショウ。元気でね、さよなら」

オレに手を振って、彼女は冬空の下、駅へと駆けだしていった。

さて、これからどうするか。オレは凪紗に拾われたＳＬ公園にやってきた。ベンチに座って風に吹かれていると、否応なくよみがえることがある。


凪紗に助けられるずいぶん前は、ナギの使いたちのコロニーに属していた。みんな人のふりをして、この世界にアパートを借りて共に暮らしていた。ここから遠い、北の土地で。

オレはホテルのレストランの洗い場を任され、キッチン補助もして生計を立てていた。ほかの仲間たちもなにかしら仕事についていた。

そんなオレたちには本来の使命があった。人の縁を結びあわせるというものだ。誰かと誰かをつなぐ赤い糸。それが茎の赤い、緑の葉の蔦として、結ばれる相手のもとへと伸びていくイメージがオレたちには見える。

赤い糸のつながるべき男女を出会わせて結んだり（もちろん、同性同士のこともある）、こじれた糸を紡ぎなおしたりする。恋愛だけじゃなくて友愛や家族愛のこともある。

手の届く範囲の人間の糸結びがオレたちの使命だ。自分の糸はからきし見えないけれど。

アルバイト先のホテルはあのウイルスのとばっちりを受け、倒産してしまった。

「なあ、次のバイトどうする？」

最後のアルバイトの日の帰り道、同じシフトだった廉《れん》に訊かれた。

「なにか見つけなきゃなあ。廉は受験資格あるから、理学療法士めざすの？」

少し年上の廉とは、親友と呼べるほどの仲になっていた。もっとも人間である彼にオレの素性は明かしていない。

「まあな……あのさ、ショウには言っておきたいんだけど」

その目はいつからか光を失くしていた。気がかりでも、怖くてずっと訊けなかった。

廉が自分から言ってくれるのを待ってもいた。

「どうした？　なにかあった？」

「彼女が……芽衣《めい》がさ、胃がんなんだ、スキルス性の……」

耳を疑った。廉を彼女と出会わせたのはオレだ。廉の小指から赤い糸——緑の葉に、赤い茎の蔦——が伸びていくイメージが見えたから、廉を街へ連れだした。そこで向こうから歩いてきた芽衣ちゃんに出会った。彼女の赤い糸は廉のそれと結ばれたがっていた。

だから力を使った。芽衣ちゃんの落としたイヤリングを、すれちがった廉が拾うように。

そのことで赤い糸が結ばれ、惹かれあったふたりはつきあい、やがて同棲を始めた。これ以上ないほどよい相性だとオレにはわかる。廉は芽衣ちゃんを慈しみ、彼女もまた、廉を深く愛していた。未来永劫ふたりは一緒だと赤い糸は言っていた。

なのに、まったく感知していなかった。病魔が彼女を苦しめていたなんて——。

オレには命をつなぎ止める力などなく、ただ見舞いに行き、芽衣ちゃんと廉を励まし、笑わせることしかできなかった。痩せていく芽衣ちゃんの前で、廉は明るく振るまっていた。けれど病状が快方に向かうことはなかった。

数ヶ月後——彼女はこの世界から旅立った。

廉の落ちこみは激しく、部屋にこもりきりになった。その悲しみはオレのもとへ痛いほど伝わってきた。

なんと言葉をかけていいのか、どう接していいのか、わからなかった。

赤い糸で結ばれているふたりをつなぐことはたやすいのに、人ひとりの悲しみを癒やすことさえできやしなかった。

心に空いた大きな穴をふさぐ術を、オレはなんにも知らない。

糸結びといってもその結び目は永遠ではなかった。必ず死がふたりを分かつ。それは病ゆえの死だけじゃない。事件、事故、自殺。テロに戦争、災害……。

オレはわかっていなかった。想いあっていながら今生で別れることの残酷さを。

廉を見ているのが辛かった。同時に、廉に対する強い罪悪感に襲われた。これほどの悲しみが待ち受けているなら、どうして見ず知らずのふたりを引きあわせてしまったのか。

後先を考えない、軽はずみな行為だった。これまでの糸結びのすべてが。

自分の使命に疑問を抱くようになった。いつかは別れが訪れるのに、糸を結ぶことになんの意味があるのだろうか。オレ自身の存在理由もわからなくなった。

備わった力で嘆き悲しむ廉の痛みは常に感じた。オレまで自暴自棄になっていく。

廉の痛みを感じないようにするには遠く離れるしかなかった。オレは住み慣れた場所を逃げだすことにした。ナギの使いであることも捨てたくて、仲間たちには告げずに。

「いなくなっちゃうの？　なーんかよくないこと考えてるっしょ？」

こっそりでようとしたとき、アパートの共同玄関で呼び止められた。幼なじみのアヤメだった。銀のポニーテールが強気な彼女に似合っていて、それも見納めだとしみじみする。

「予言してあげる」

人差し指をピストルみたいにオレの額に当て、彼女は大真面目に言う。

「ショウの進む道には死に近しいものが待ってる。だけど、救われる出会いも必ずある」

「それって糸結びの勘じゃなくて、また当たらない、アヤメの占いなんでしょう？」

「そりゃ、あたしらナギの使いは自分の糸は見えないもんね。いいから聞きなって。せいぜいたくましく生きてみなよってこと。自分を信じてさ。じゃあね、たまには連絡ちょうだい。絶対だかんね！」

片手をひらひらさせるアヤメと別れ、オレは電車を乗り継いだ。たどり着いた神社の境内で本来のミニサイズになり、寝泊まりをする日々が続いた。

ある日の午後、海辺に足を運んだ。ひとけのない、柵で囲まれた崖の上だ。そこから見える入江には白い灯台があった。そして水平線。止まることを知らない波の音を聴きながら、心のリズムと同調させることで解放感を得た。

人間サイズの姿となり木製のベンチに腰を下ろす。草は少しずつ枯れはじめ、わら半紙色に染まりつつあった。空に浮かぶのは鰯雲。

季節は移り、秋が訪れていた。

ぼんやりとしたまま海風に吹かれてみれば、夏の暑さに慣れてしまった身体に、突き放したようなその冷たさがしみた。落ちているオレの心をさらなるマイナスへと刺激する。

仕事は決まらず、面接で落ちてばかりだった。この見てくれでありながら外国籍を持たず日本人である証明もない。怪しまれ、雇い主に厄介払いされてしまう。

おまけに保証人がいないから部屋を借りることもできない。このときばかりは食事が花の香りで済むことが心底ありがたいと思った。同時に、ナギの使いである自分を呪った。糸結びという使命を封印したかった。

「あの人の髪の毛、銀色！」

オレの背後で女の子の声がした。大人が「しーっ」とたしなめる。

振り返れば季節はずれの麦わら帽子をかぶった少女と、両親らしきふたりが立っていた。

愛想笑いを浮かべてみせるのは母親だろう。隣の父親とおぼしき人が会釈をする。オレも軽く頭を下げてから、また海をながめた。

サーファーが波に乗る様を見ていたとき、一陣の風が吹いた。「わっ！」という少女の声がしたほうを向くと、麦わら帽子がこちらへ転がってくる。少女が追いかける。立ちあがったオレが手を伸ばしたものの届かず、帽子はふわりと宙を浮いた。

一瞬の出来事だった。麦わら帽子は少女の腰の高さの柵を越え、海へ飛ばされた。

少女は手を伸ばしたまま、柵から身を乗りだす。危ない、そう思ったと同時にその子はバランスを崩し、よろめいた。

「夏香《なつか》！」

母親の悲痛な叫びを背中で受けながら、オレはとっさに跳んだ。助けなければ、それだけを思って。

光で自分の身体をくるみ、崖から海へと落ちていくその子を抱きとめる。浮上し、柵の内側の枯れ草の上に、少女とふたり降り立った。

青ざめた顔で震える女の子の前にオレはしゃがむ。

「どこも、なんともない？」

夏香という少女はうなずき、駆けよってきた母親に無言で抱きついた。

「きみはいったい!?」

父親が驚きの眼差しでオレを見ていた。

どう言い訳をしようか、いや、言い訳なんてできるはずがないとたじろいでいると。

「ありがとうございます。あなたはこの子の命の恩人です！」

母親が、張りつめた声で深々と頭を下げた。

「今の、秘密にしていただけますか？」

立ちあがって念を押すようにゆっくりと言えば、両親はうなずいた。

夏香ちゃんがあふれだした涙をぬぐいながら、オレを見あげる。

「あなたは、神さま？」

その問いかけに、オレは頭を左右に振った。

「ちょっと特殊な力は持ってるけど、そんなんじゃない。これ、ナイショね？」

「うん、ナイショ……魔法使いなんだね！」

か細い小指を差しだす少女が「指きり！」と涙声で言う。オレは小指を絡ませ、約束を取りつけた。

「それじゃあ……」

面倒なことになるのが嫌で、その場を去ろうとしたときだった。

「待ってください。きみ、お礼を、お礼をさせてください！」

その声に振り向くと、父親が硬い表情をしている。

「私たちはこの近くでペンションを営んでいるんです。今日はお客さんもいないのでちょうど散歩に来たところでした。どうでしょう、うちでお昼でも」

次第に表情のゆるむ父親のかたわらで、母親がつけたす。

「それくらいのことしかできませんが、どうかお礼をさせてください」

ペンションという響きに、すがる思いで言ってみる。

「あの……仕事ならなんでもします。しばらく泊めていただけませんか？」

そうしてペンション・サニーサイドという、夏香ちゃんの家を訪れることになった。

「とりあえず、ありあわせのものだけど。私たちもお昼まだだから一緒に食べて」

花の匂いだけでいいとは言えず、それでも手料理をふるまってくれる気持ちはありがたかったから、出会ったばかりの家族に昼食をごちそうになった。

「これ、カルボナーラパスタっていうんだよー」

隣に座る夏香ちゃんが得意げに教えてくれた。

「こうやってね、スプーンの上でフォークに麺をくるくる巻いてね、くるくるカルボナーラ！　ママのくるくるカルボナーラはすごくおいしいんだよ。食べてみて」

「うん、いただきます」

あのときのパスタの味を、家族団欒のあたたかさを、今でも思いだすことができる。

ベーコンと卵と粉チーズのハーモニー。使われているのは生クリームではなく牛乳だ。

名前の由来ともいわれる〝炭焼き職人〟がつくったように、麺に絡む黒コショウ。噛めば噛むほどブロックベーコンの旨みと塩気がソースと競演し、クリーミーな味わいを奏でる。

夏香ちゃんの言う、くるくるカルボナーラは絶品だった。

そう、絶品……なのだろう。残念ながらおいしいと感じても、花の匂いを飲むときほどの満足感は得られない。

「あたし、ママのつくるパスタがいちばん好き！　どんな味のもじょうずなんだよ」

うれしそうに言う少女もまた、母親に習って一緒につくることもあるらしい。

オレもそんなふうに、人間の食べる物を心底おいしいと言ってみたい。

それはふいに浮かんだ切実な願いだった。愛情のこもった料理を心からおいしいと味わえないことは、相手に対して申し訳なかった。

――人間になりたい。ナギの使いなんかじゃなく、人に。

このとき強く感じた。パスタをくるくるさせながら、そればかりを考えていた。

ペンション・サニーサイドでの暮らしが始まった。白い壁に水色の屋根の洋風の建物で、居候スタッフはオレだけ。ほかにはアルバイトが入れ替わり立ち替わりしていた。

夏香ちゃんの父親で、オーナーの拓海《たくみ》さんも、母親の留美子《るみこ》さんも、オレの素性を訊いてはこなかった。いろいろ知りたいことはあるだろうに、ただあの日のことを感謝するだけだった。

厄介になっている以上、少しでも食費が浮くように、花の香りが主食であることをふたりに伝えた。ガーデニングが趣味の留美子さんは、庭で花を摘んで味わわせてくれた。

皿洗い、掃除、ベッドメイキング、食事の支度……いろいろな仕事を任されるまま、がむしゃらに働いた。忙しければ忙しいほど使命のことを忘れられて好都合だった。

あのウイルスはワクチンの効果もあるのか鳴りを潜め、普段どおりの生活が戻りはじめていた。

海辺の街だから、夏には海水浴客でにぎわった。オフシーズンには由緒ある古い神社仏閣の参拝客や釣り客や、近くの美術館や乗馬クラブの客やらが訪れた。

ひとり娘の夏香ちゃんは小学五年生になっていた。かいがいしく家業を手伝った。髪を左右で束ねた少女はオレの命の恩人でしょ」

「ショウくんはね、あたしの命の恩人でしょ」

皿を拭いているときだった。

「こんどはあたしがショウくんを助けるの。なにかのときには、あたしが守るの」

顔を赤らめて大真面目に言う夏香ちゃんの前に、身をかがめた。

「ありがとな。それじゃあ、おいしい花がほしい。オレは花の匂いが大好きなんだよ」

「お花の匂いが、おいしいの？」

「うん。オレ、花の匂いを飲むんだよね。夏香ちゃんのいちばん好きな花、教えて」

はにかんだ少女がオレを見る。

「ナイショ！　こんどプレゼントするね」

数日後、客間の掃除が終わったときだった。

「ショウくん、あたしの部屋に来て」

にこにこと夏香ちゃんが手招きをする。

その後ろに続いて階段をのぼる。彼女がドアを開けると、嫌な予感がした。

「これ、あたしのいちばん好きなお花」

学習机に置いてあった小さな花束を手に取って、オレに差しだす。真っ白な小花がひしめきあっている。脇役になることが多くても、おしゃべりに思えるこの花は……。

「かすみ草だよ。ショウくんへのプレゼント！　お花屋さんで買ってきたの」

ああ、それはわかっている。かすみ草だ。だけど……。

「夏香ちゃんはこの花の匂い、平気なの？」

「んー、いい匂いってわけじゃないけど、臭くはないよ」

なんなんだ。なんでよりによってかすみ草なんだ。花屋で売られる花の中でオレ的にはいちばん臭ってまずい花だ。

「どうやって匂いを飲むの？」

あどけない顔、キラキラした瞳。ここで飲まないわけにはいかない。

「え？　ああ、ありがとう。こうやって……っ！」

花の匂いを吸うと同時に、思いきり咳きこんだ。

「どうしたの？　ショウくん、大丈夫？」

背中をさすられようとも咳は止まらない。

「悪い、これもらえない！」

かすみ草の花束を投げ捨て、オレは部屋を飛びだした。

自分でもショックだった。こづかいで花束を買ってくれた夏香ちゃんの気持ちを踏みにじってしまった。

けれど、苦手なものはしょうがない。花の香りを飲むといっても、どうしても受けつけないものはある。それがたまたま夏香ちゃんの大好きな、かすみ草だったということだ。

それ以来あいさつをしても、夏香ちゃんはぷいっとそっぽを向くようになった。そんな関係に拓海さんも留美子さんも、すぐに気がついた。わけを訊かれ正直に話した。

「こういうとき強く思うんです。花じゃなくて三度のメシを、うまいと思って食べたい。この銀髪だってコンプレックスで、染めようとしても銀のまま……オレは人間になりたいんです」

そう、オレは人になりたい。意味のない使命なんてやめて人になりたい。そんなばかげた願いを払拭できなくなっていた。

あのとき――廉の嘆き悲しむ気配を、ときどきキャッチできてしまったのもそう思わせる要因だった。そのたびに、焦りと戸惑いのかたまりが喉もとに押し寄せた。

所詮オレはナギの使い。人ではないという現実に日々、苦しめられていた。

「もっと頼ってくれていいんだよ。家族だって思ってくれていいんだよ」

穏やかに拓海さんは言った。

「ショウくんはもう、我が家の一員なの。人じゃないとか、そんなこと関係ない」

留美子さんが慈愛に満ちた表情で微笑んでくれた。

あのとき、甘えなければ。

もう少し早く、あのペンションをでていれば――。


凪紗と別れたあと、一日を公園で過ごした。夜になり、改札前で凪紗を待ち伏せる。

マスクをつけた凪紗が現れたのは夜の九時過ぎだった。エコバッグを肩掛けしている彼女は、駅の反対口のスーパーに寄った帰りだ。

「おつかれさま」

声をかけると、目を見開いた凪紗はあからさまにぎょっとした。

「ショウ！　なんで？　今朝さよならしたよね？　ちょっとなに、ストーカーなの？」

「言うねえ。あのさオレ、ほかに行くとこないじゃんか」

「え、私には関係ないし……」

言いよどむ凪紗の顔を身をかがめてのぞきこむ。彼女はちらりとオレを見る。

「でもね、ショウのこと、ちょっと心配してたの、ちょっと」

「オレも凪紗のこと心配してた。遅かったね。残業？」

「まあね……」

その表情が曇った。

「仕事はきっちり丁寧にやりたいのに、鳴り続ける電話は取らなきゃならなくて事務処理がどんどん溜まって、ものすごい焦燥感にかられるの。クレームを受けて消えたくなるし、誰もコピー用紙の裏紙を再利用してくれなくてイライラするし、もう、疲れたよ……」

一気に話した凪紗がうつむいた。完璧主義な性格ゆえ、思うとおりに仕事がこなせないと、そこに生まれるストレスはかなり大きいだろう。

オレは凪紗の肩に手を置いて「辞めちゃえば？」、そうささやいた。

「嫌なら仕事、辞めちゃえばいいよ。神経すり減らすなんて、もったいないよ」

凪紗のために言ったのに、彼女は悔しそうに唇を噛みしめた。それから声を振りしぼる。

「どうして？　どうしてがんばれって言ってくれないの？　私、必死でがんばろうとしてるのに。夕べはショウ、正面から喰らいつく方法もあるって言ったじゃない」

「あれはあれ、これはこれなの。凪紗は今まで仕事から逃げないで、十分がんばってきたでしょう？　ちゃんと伝わってくるよ」

オレを見あげる凪紗の目に、涙が満ちる。

「どうしてわかるかって？　なんとなく見えるんだよ。よくがんばってきたね。いい子」

その頭をぽんぽんと軽く叩くと、凪紗はついに泣きだした。

オレは凪紗を抱き寄せた。労ってやりたかった。細い身体に長い髪が、オレの腕の中にある。泣けば泣くほど、その身体はあたたかくなった。

駅から吐きだされるように足早に通り過ぎる人ごみの中、凪紗はひとしきり泣いた。

そうして涙に濡れた瞳で、オレのことを見つめる。

「……もしかして、ショウの使命ってやつで、私と仕事のご縁も見えちゃうの？　私と今の仕事が結ばれてないとか」

湊をすすりながら訊かれたから「さあね～」と、はぐらかした。

「けち……ね、ショウの使命って、どうやってするの？」

涙をぬぐって鼻声で問われては、ごまかせない。

「糸結びはね、人と人との赤い糸をつなぐんだよ。オレには見える」

「あるの？　ほんとうに赤い糸」

「あるよ。それも恋人同士だけじゃない。家族とか友人のときもある。ずっと一緒にいられなくても心でつながれる人同士を結びつけることもある」

「壮大なロマンが広がってるんだね。私の赤い糸も、誰かにつながってるの？」

「そんなこと、教えられないよ」

「なんだ、つまんないの。ホントけち」

また涙を拭いて湊をすすった凪紗の声には、勢いがあるから安心する。

「でもさ、そんなすごいショウを追いだしたら、絶対バチが当たるよね。しょうがないから、今夜もお泊まりしていいよ。なぐさめてくれたお礼」

「やったね！」

オレは凪紗の片手をにぎって、アパートまで駆けだした。

とことん明るく接してやろう。凪紗の哀しみを癒やしてやりたい。

「てかさ、どうしてそう頑なに、手料理をふるまわないってポリシーがあるの？」

帰宅後、レンジで茹でたパスタにレトルトソースをかけ、食べはじめた凪紗に訊く。

「料理に苦手意識があるの。自分に自信がないのと同じで、料理にも自信がない」

「どういうこと？」

「十歳のとき、お父さんが亡くなってから世間が怖くなって、ひとりの世界にこもりがちになったの。それで学校の調理実習も怖くて。誰かと一緒になにかをやるなんて怖くて、調理どころじゃなかった。できあがったものを食べても、緊張して味がわからなかったくらい。それが料理に嫌なイメージを植えつけちゃったな」

どれだけナイーブなんだか。オレに対する凪紗からは想像しにくい。

「だから料理をすることが特別なことになっちゃって。特別な誰かにでないと、できないの。けど、いつだったか勇気をだして、雅輝さんにクッキーをつくったら喜んでもらえたの。それからは、信じた人にはつくれるようになった」

雅輝のやつ、グッジョブだ。

「そういうわけで心を許した相手じゃないと、手料理はふるまえない」

湊をすすった凪紗が、またパスタをくるくるさせる。

凪紗は今、サナギなんだ。美しい蝶になって飛び立つ直前の……。

次の朝。ロフトから見下ろすと、出勤前の凪紗がすでに朝食を食べていた。野菜ジュースのほかにトースト、卵ひとつのベーコンエッグ、ミニトマト。おまけに粉を熱湯で溶かしたコーンスープつきだ。スプーンですくって、ふうふう。それから口に含んで熱っという顔をした。

「おはよ。朝ごはん、豪華じゃん」

ミニサイズのオレは声をかけ、ポインセチアに舞い降りた。

「おはよう。またなにか言われるかと思った。ショウも食べたい？」

「オレはいいや……ポインセチア、ごちそうさま」

鉢の上から飛び、人間サイズになる。凪紗はオレの身体のサイズが変わるときの光をまぶしがるだけで、もう驚いてくれないのが正直つまらない。

凪紗の向かいの椅子に座り、食べる様子をながめていると、彼女は熱いスープを諦め、おもむろに目玉焼きに醬油をかけて食べはじめた。

「ソースじゃないの？」

「お醬油。雅輝さんの好きな食べ方。私もいつのまにか、お醬油派になってた」

こうやって凪紗の中にはいまだに雅輝が住み続けている。

「別れても、目玉焼きの食べ方は変えられない。もう会えないのに……」

寂しい物言いになんとかしてやりたくなる。

「でもさ、醬油のほうがおいしいんでしょ？」

「うん。お醬油をかけるようになって、目玉焼きが好きになった」

「だったらその変化は喜んで受け入れるべきものじゃん？　全然いいよ」

「そっか……ありがとね、ショウ。じゃあ、私の好きな野菜ジュース、分けてあげる！」

冷蔵庫から一〇〇〇mlの紙パックを取りだし、コップに注いでくれた。いやにニンジンとセロリが主張するジュースを味わって宣言する。

「今日はオレ、仕事さがしてくる」

え？　という顔で凪紗がまじまじとオレを見る。

「ここで居候ってわけにはいかないんでしょ？　仕事さがしてアパート借りなくちゃ」

野菜ジュースを飲んだ凪紗は、静かにコップを置いた。

「私ね、ショウに感謝してるの。同棲まがいは絶対嫌だけど、追いだすことも嫌なの」

ふいに思いだす。ペンション・サニーサイドで過ごした日々を。

陽気な拓海さんとしっかり者の留美子さん、元気いっぱいの夏香ちゃん。陽だまりのような場所でオレは甘えていた。人になりたいと願って……。

「オレさ、なにか一生懸命になるものがあることで、人の世界で生きていく資格をもらえる気がするんだ」

「人と人とのご縁を結ぶっていう、ショウの使命のことはわからないけど。そういう大変なことをショウはやっちゃうんでしょ？　だったらそれこそ生きていく資格じゃない？」

「いや。使命を休業中の今こそ社会にでて働きたいんだよ」

凪紗の目をまっすぐに見つめると、彼女は「ふうん」と、真顔でつぶやいた。

「やっぱりよくわかんないけど。じゃあ、アパート見つかるまでは、ここにいていいよ。真冬に追いだして凍死でもされたら、一生引きずるもんね」

「いいの？　ありがとう！」

はにかんだ彼女は野菜ジュースを口にすると、窓の向こうを見た。

「寒いけど、今日もいい天気だね。仕事がんばろ。それで、私もショウみたいに、生きてる資格っていったら大げさだけど、なんていうか自分が存在する意味、知りたい」

たとえ友人がいなくても、これまでしっかり生きてきたんだ。傷をひとりで抱えながら。

凪紗を見ていたら、その小指から赤い茎をした緑色の葉の蔦が伸びるのが見えた。しゅるっとどこまでも伸びていく。

おとといから感じているこの糸をオレはどうするべきだろう。出会わせるか？　たとえいつの日か死がふたりを分かつとしても？

「あのさ凪紗。今夜、映画観に行こう」

考えるより先に言葉が口をついてでた。

「映画？　ああ、花屋カフェで当たったあのペアチケットで？」

「そう、あれで。夜の回なら行けるでしょ？」

「わかった。残業しないで早く帰るようにする」

「じゃ、オレは凪紗が会社行ってるあいだに職さがしするよ」

「戸締まりはしっかりね。部屋の中、あちこち見ないでね」

そうして凪紗はでかけていった。マスクをつけて、きりりと冷えた冬空のもとへ。


コンビニで無料の求人誌を手に入れた。凪紗と出会ったＳＬ公園の花壇に座って、ついでに花の匂いを飲み、ページを広げる。ホールスタッフ、自転車でのデリバリー……やれそうなものに凪紗の部屋から持ってきたペンで丸をつけていく。

電話なんて持っていないから適当に履歴書を書いて、アポなしで店に突撃した。採用担当者がいたところはどこも銀髪はお断りだと言う。それは建前で、外国人の不法労働に当たるかもしれないという懸念もあるのだろう。

夜が始まるころ、改札で凪紗と落ちあった。彼女の気配をたどれば到着時間がわかるのは便利だが、使命を封印したにもかかわらずこんなふうに都合よく力に頼る自分がどうにも嫌いだ。

レイトショー前に駅ビルのパスタ屋に入った。「食欲が戻ってきたの」と言う。夕べもパスタだったと指摘したけれど、毎食パスタでもかまわないらしい。

「伯父さんがお米農家で、実家にいるときはご飯ばかりでね」

四人掛けのテーブル席の向かいで、白い不織布マスクをつけたまま料理を待つ凪紗は教えてくれた。

「ご飯ももちろん大好きだけど、パスタはまた、別格なの。反動かな」

そんなパスタ好きの凪紗はエビとトマトのジェノベーゼ。オレはりんごジュースだけ。

おいしそうに咀嚼する彼女に身の上話をしてみる。

「オレさ、二十二歳くらいって言ったじゃん?」

「うん、私よりも一個下」

「そう。でもさ、オレの生まれたナギの木がなくなるまでオレは生き続けるから、相当な歳になることもあるんだよ。見た目は二十代で止まってても」

「不老ってことか……あれ？　その木が枯れたりしたら、もしかしてショウ、ぽっくり？」

「ぽっくり言うな！　でもまあ、だんだんと体力がなくなって消えていくよ」

パスタを食べる手を止めた凪紗の目が、不安げになる。

「なんだよ、平気だって。そのナギの木はさ、西のほうの小さな神社で大事に崇められてるから。そうすぐに枯れることはないよ」

「よかった！　ねえ、前に言ってたじゃない？　糸結びの使命の意義がわからなくてお休み中だって。どうしてわからなくなっちゃったの？」

心配げな瞳がこちらを見ている。

「オレさ、ある男女を出会わせたんだ。赤い糸でふたりがつながれば、めでたしめでたしだと思って。けど、実際にはそうじゃなくて。ふたりに必ず別れが待っていることすらオレは理解してなかったんだ」

「別れ……？」

「死別だよ」

凪紗は何度もうなずいた。思い当たることが彼女にもあるのを、オレは知っている。

「糸結びができたって人が死んでいくのは止められない。ふたりの別れを止められないんだよ。そのことを痛感して、糸結びの意義を見失った。それで使命は放棄中」

「……いつか亡くなることが避けられない現実だからこそ、誰かとつながりたいっていうのも、あるんじゃないかな。ショウの使命はやっぱり大切ですごいことだと思う。ご縁を結びたい誰かの、背中を押しているんだから」

「そうか？」

「うん。だからね、そのあとふたりがどうなるか、先のことを考えてくよくよするより、今のふたりの幸せを考えてあげてほしいの。もしふたりが出会えなかったら、結ばれなかったら、こんな不幸なことはないんじゃないかな」

　真剣な眼差しで見つめられ、思わず胸が熱くなる。

「私だって、いつかそのときにはひとりじゃなくて、大好きな人に見送られたいよ。もし叶わなくても、結ばれた誰かと、息が絶える瞬間も心はつながっていたい。そのときは、その人に会いたいと思いながら死んでいくんだろうな」

「じゃあさ、その逆だったら？　相手が先に逝ってしまうとしたら？」

　質問を投げかけると、凪紗は苦く微笑んだ。

「それって、悲しみのどん底だよね……私のお父さん、突然亡くなったの。単身赴任先で運転中に……」

はじめて凪紗に会ったときから、その痛ましい事故はオレに伝わってきていた。

「飛びだしてきた猫を避けようとしたのが、近くの防犯カメラに映ってたんだって。けど、深夜の事故だから、飲酒運転だとか愛人宅からの帰りとか、いろんなことを言われて」

お父さんが亡くなったのは凪紗がまだ十歳のころだ。幼少期にそんなウワサ話を聞いてしまったとは……。

「亡くなったなんて信じられなくて、私は泣けなかった。でもあのころのお母さん、毎晩泣いてた。泣きながら、お父さんと出会えてよかった、子どもたちに出会わせてくれてありがとうって、遺影に向かって言ってた。だから死別って、もう会えない辛さや無念さが強くても、相手へのこれまでの感謝も心の奥にあるのかなって思う」

涙ぐんだ瞳の凪紗は凛としていた。父親の死を乗り越えた少女は今、大人の女性として、失恋という別れを乗り越えようとしている。

「感謝か……それは考えなかった」

「私もさ、最期には誰かとつながっていたい。それを手助けできるのはショウなんだよね」

ふふ、と凪紗がはにかむ。

「ありがとう、凪紗」

心から言ったものの照れくさくて、すぐにジュースをすすった。

「私ね、ショウの使命は、すっごく素晴らしいと思うの」

ありがたい、こんなふうに認めてくれるなんて。人になれるはずもなくナギの使いとしても中途半端なオレを、受け入れてくれるなんて。

「凪紗はさ、お父さんに会いたい？」

何気なく訊いてみた。

「会いたい。声も顔も、あと何年かしたら忘れちゃうんじゃないかって、怖いの。だから、お父さんに会いたい」

最後のパスタをくるくるした彼女は、寂しさと一緒にそれを飲みこんだ。


夕食のあと、凪紗が駅ビルのトイレに入っている隙にミニサイズになっておいた。周りに人がいないのを見はからって、戻ってきた凪紗の長い髪とマフラーのあいだに隠れる。

「なんでミニサイズ？　一枚残ったチケット、どうしよう」

映画館まで駅ビルの中を歩きながら、凪紗がマスクの中でぼそぼそ話す。チケットの使い途は凪紗にとっては迷うこともなかった。全米ナンバーワン俳優が主役のファンタジー映画を観ると決めている。

「また同じ映画を観にくれば？　ハリウッドスターの顔を拝みたいんでしょう？」

「うん、何回でも観て癒やされたいよ。現実の男の人より、ワイルドでセクシーで大人な、スクリーンの中の彼がいい」

オレたちは駅ビルの一階の自動ドアからでて、通りに面した映画館の受付にならんだ。クリスマスだからか、けっこう混んでいる。

目の前は十代のカップルだ。げらげらと笑いあうこのふたり、赤い糸で結ばれてはいない。別れもそう遠くないだろう。本来は結ばれていないふたりが、こんがらかった赤い糸のもつれでつきあったり結婚したりすることは日常茶飯事だ。その先には別れが待つだけ。

十二月の夜の西風が冷たく頬を刺す。凪紗の髪は傷んでいるもののシャンプーのいい香りがする。

「イギリス、ここより寒いのかな。体力勝負のガーデナーなんて、身体壊してないかな」

またしても雅輝か。ふたりのあいだに赤い糸は見えない。だから別れは当然の結果だった。あえて教える必要もないけれど。

大きな失恋をして気分が落ちるのは当然のこと。なんでもないふうにすました顔でもがくことなど誰にもできやしない。

冬なんだ、今この世界は。草木は眠り、そっと春を待つ。凍てつく風に身体が縮こまる。

心が窮屈になり、新鮮な空気がほしくなる。でも吸いこんだところで、それは痛いほど冷たい空気だから、よけいに縮こまるという悪循環。

凪紗の髪にさらに埋もれてみる。

すると、ひとりの男性がオレたちの後ろに並んだ。その彼は使いこまれた革の財布から真剣に小銭をかき集めはじめた。

オレは左耳のピアスに触れる。強い西風が吹いた。髪を押さえた凪紗が風を背で受けようと、そちらへ向きを変える。

「あ……」、凪紗が彼に気づき、小さくつぶやく。

どうする、オレ。

考えるより先に、ふたたび力を使っていた。

――ちゃりんちゃりんちゃりん

小銭がアスファルトに散らばる音が響く。落としたのは――オレの力によって落ちたのだけれど――財布をひとしきりいじっていたあの人だ。

凪紗も見て見ぬふりはできない。十円玉と五十円玉を拾って差しだす。

「あ、あの、どうぞ。こ、これで、ぜ、全部だと思います」

「ありがとうございます……あの、すみません」

「い、いえ、いいんです」

「っていうか、すみません」

凪紗のショートブーツのつま先を指さしている。凪紗が足をずらすと五円玉が現れた。

「ご縁をつなぐ五円玉は粗末にしてはいけないって、おばあちゃんがよく言うんです」

はにかんで拾った五円玉にふっと息を吹きかける。それから、「ありがとうございました」と凪紗へにっこり会釈をした。

彼は五円玉を財布に入れると、チケット売り場の列、凪紗の後ろにふたたび並んだ。

かき集めた小銭でチケットを買うらしい。

オレはまた左耳のピアスに触れた。念じながら目を閉じる。

「あ、あの……なる、成宮さん」

凪紗が声をかけた。そう、彼はあの花屋の店長だ。

きょとんとしてこちらを見た彼に、凪紗が「あの……」と口ごもる。がんばれ、凪紗。

「あのあの、おととい、お店で……えっと……ポインセチア」

マスク越しの凪紗の声は緊張している。成宮さんはそんな凪紗をじっと見つめる。

「ああ！　あのときのマスク美人さんですね。その節はどうも」

マスク美人は褒め言葉か？　そう思ったものの、当の本人は気にするふうでもない。

「あ、あの、よろしかったら、こ、このチケット、お譲りします。あ、余っちゃって」

凪紗は一生懸命だ。成宮さんがびっくりしている。

「ここ、これ、成宮さんのお隣の、あの花屋カフェで抽選に当たったんです」

「行ってくださったんですね。それじゃあ、いただけません。僕は店の人間だから」

「いえいえ、ど、どうぞ。有効期限あるから、余らせちゃうのは、もったいないですし……こ、ここで出会ったのも、なにかのご、ご縁です……」

チケットを差しだす凪紗に、成宮さんが「でも……はい」と、苦笑いする。

「お言葉に甘えちゃおうかな。ありがとうございます」

にこやかにチケットを受け取った。

窓口は凪紗の番になり、彼女は会話を切りあげた。ファンタジー映画の座席を選ぶ。

館内に入って、近日上映のチラシを見ていると近寄る人がいる。

成宮さんだった。彼は従軍カメラマンのドキュメンタリー映画のチケットを手にしたところだ。

「あの、チケットすいません。これ……あ、手、だしてください」

黒いバッグに彼は両手をつっこんで、ごそごそしている。やがて凪紗の広げたてのひらに「僕、禁煙中なんです」と、キャンディーの雨を降らせた。

「えっ、いいんですか？」、早口で凪紗が返す。

「ええ、糖分の取りすぎもどうかと」

成宮さんは照れたように笑った。その糖分を凪紗に押しつけようとするのはどうなんだと思って見やる。雰囲気イケメンなのに、どこか親しみやすさがある人だ。

黒縁メガネの下のすっきりとした目もとにはほんの少し皺が現れ、やさしげな印象を与えている。黒い髪はくせっ毛なのかパーマなのか。ちょっとアーティスティックな風貌は、なるほど、花をデザインする人物かもしれない。

「ファンタジー映画を観るんですよね？　さっき受付で聞こえてきて。僕の観る映画のほうが先に終わるんで、だからあの……ロビーで待ってます。よかったら、あの……お礼に軽く飲みにいきませんか？　あれ？　お酒飲めますか？」

従軍カメラマンの映画の「まもなく開演」というアナウンスが響く。

「とにかく、待ってます！」

言い残し、〝2〟と書かれた黄色い扉の中に消えていった。凪紗の返事も聞かないで。

「軽く飲みに、か……」

つぶやいた凪紗が〝1〟の青い扉の中に入る。

やがて、映画の予告が始まった。大音量が耳にほどよく響く。凪紗はキャンディーをひとつ口に入れた。マスク越しにオレンジの香りがする。

エンドロールが終わり、音も映像も消えた。館内に明かりがぼうっと灯った瞬間、日常に引き戻される。

席に座ったままの凪紗がため息をついた。

「いいのかな、一緒に行っても。だけどね、元カレの幻影に惑わされる自分を壊したい気持ちもあって」

凪紗は心から変わりたいと思っている。だったら背中を押してあげたい。

「せっかく誘ってくれたんだし、行っちゃえば？」

「ん？　もしかしてショウ、私の赤い糸って？」

「それは言えません。教えないのがルールなの。自然な形で出会わせてくっつけるとこそ糸結びなんだ。ほら。もう行こ」

凪紗とロビーへでると、肩越しの明かりに少しだけ目が眩んだ。オレは、そして凪紗もすぐに、ソファに座る成宮さんの姿を捉えた。

「こっちです」

彼は立ちあがって手を挙げた。はにかみ顔が凪紗に向けられている。

「な、なんだか……〝わらしべ長者〟みたい」

表にでて成宮さんの隣を歩きながら、マスクのままの凪紗がつぶやく。

「わ、私、学生時代、ゼミで昔話の研究をしてて……」

「ああ、あの昔話！　映画のチケットが一杯のお酒に変わる……って、残念ながら長者にしてあげられなくてごめんなさい」

ほがらかな成宮さんの隣で凪紗が首を振った。凍てつく冬風の中、丸い月が夜道のふたりを照らしている。

「ええっと、あの……成宮さん」

「そういえば、あなたのお名前は？　僕は栄一《えいいち》」

「わ、私は、佐々木《ささき》です。佐々木凪紗」

「凪紗さんですね」

「はい。あ、あの、成宮さん、今日はお、お仕事、お休みだったんですか？」

「いえ。今日は早番だったんです。あの店、カフェバーを併設してるからランチに合わせて昼は十一時から、夜は十一時までやってて。早番と遅番があるんです」

「そうなんですね……あの、お、おいくつですか」

「三十三です」

「そ、そうなんですね……わた、私は二十三です。会社員です……」

「そうですか。十歳もちがうんですね。そうだ、チケットありがとう」

凪紗が「も、もらっていただけてよかったです」と言うと、それきりふたりは無言になった。

オレは暗闇にまぎれて凪紗の肩から飛び立つ。ふたりから離れると停まっていた車の陰に隠れ、人間サイズになった。

こっそりついていくと、三日月通り商店街の雑居ビルの前でふたりは足を止めた。おととい凪紗とイベリコ豚を食べた、あの花屋カフェだ。

「職権濫用なんですけど、ちょっと小洒落た店っていったらここしか知らなくて。あ、手前味噌でごめんなさい」

少しおどおどした調子で成宮さんは頭を下げると、凪紗をじっと見つめた。

「あれっ、そっか！　僕の店のあとここに……それで映画のチケット！　ごめんなさい、来たばっかりだ！　ほかにしましょう！」

やっぱり成宮さんは洗練されたアーティスティックな見た目と、その純朴な中身とのギャップがある。

「あっ、あの！　いえ、いいんです。すごく素敵なところですし」

「ホントに？　それじゃあ……」

店のドアが成宮さんによって開けられる。彼が先に入り、続いて凪紗が中へと消え、ドアは閉まった。わきではクリスマスツリーがピカピカ光っている。

オレはどうするべきかドアの前でたたずんでいると、背後に人の気配がある。

「あれっ？　ショウくんじゃない？」

聞き覚えのある声に振り向く。

「ロミさん！」

「来てくれたんだね。ちょっと買いだしいってきたとこなんだー」

黒いサロンエプロンの上に青いダウンジャケットを羽織ったロミさんが、レジ袋を掲げてみせる。

「入んなよ。今日は彼女と一緒じゃないの？　凪紗ちゃんていったよね？」

「彼女！　ちがいます、そんなんじゃないですよ。今ほかの男と入ってったとこです」

「そうなんだー、三角関係？」

「ちがいますって」

「いいから、乱入しちゃいなよ」

楽しそうな顔でロミさんがドアを開けた。まずい。オレ、金なんか持ってないぞ。

「らっしゃい。あー、ロミ、お帰り。客引き？」

小花柄のシャツに黒い胸当てエプロンをつけた男の人が、オープンキッチンからオレたちを見ていた。四十代前半くらいだろう。おとといもいた店員さんで、鼻の下の口ひげはなんとも味がある。

「マスター、ちがうちがう、この前来てくれたイケメン。あと……」

ロミさんが店内を見回す。その目がオープンキッチン前のL字型のカウンター席に座る、背を向けた男女にとまる。

「いたいた、凪紗ちゃーん！」

名前を呼ばれた凪紗がこちらを振り向いた。

「ロミさん！　あれっ、ショウ？」

「お知りあいですか？」

成宮さんも振り返り、にこやかな表情でオレを見る。そうか、オレは成宮さんを知っているけれど、ミニサイズのときに出会っているんだ。向こうはオレを知らない。

「えっと……ちょ、ちょっとした友だちなんです」

凪紗のその言葉に、「ショウっていいます」とつけたして会釈をした。凪紗はおしぼりで手を拭きながら成宮さんのほうを向く。

「じ、実はおととい、こちらにショウと一緒に来たんです。それでロミさんと……」

「そうだったんですね。ショウくん、よかったら三人で飲みましょう」

「ショウくん、そこでいいよね」

ダウンジャケットを脱いだロミさんに、凪紗の右隣、壁際のカウンター席を勧められた。テーブル席はどこも埋まっていて、混みあっている。

持ちあわせはないから凪紗に頼るしかない。腹をくってそこに座ると、あたたかな視線に気づいた。凪紗の向こうから成宮さんがひょっこり顔をだし、人のよさそうな笑みでにこにことオレを見ている。

「あ、えっと……ショウ、こちら、お隣のお花屋さんの成宮さん」

凪紗が形式的に紹介してくれた。「よろしくね」、成宮さんがさわやかに言う。

「お邪魔しちゃってすみません」

にんまりと笑ってみせてからオレはにぎやかな店内を見回した。漆喰の白壁にナチュラルな飾り棚があり、観葉植物が並べられている。棚の上の壁にはヒバにモミ、ヒムロスギで緑色につくられたクリスマスリースが飾ってある。

「あのリース、成宮さんの手づくりですか？」

確信を持って訊いてみた。白く染まった松ぼっくりや綿の実、赤いサンキライの実、ドライオレンジやシナモンスティックが合わせせられ、自然な具合に仕上がっている。

「そうなんですよ。クリスマスは今日で終わりだから、明日からはお正月飾りになります」

にこやかに返してくれた。凪紗が「素敵ですね」、と、うっとりながめている。

リースの円も材料となるモミなどの常緑樹の緑も〝永遠〟を意味する。白く塗られた松ぼっくりや綿の白い実は〝純潔〟、赤い実は〝キリストの血〟という意味がある。

そんな蘊蓄をわざわざひけらかさなくても成宮さんの作品はクリスマスを演出し、この店にしっくり似合っていた。

オレの席の近くには、キッチンとは別に壁際にバーカウンターがあった。この中でバーテンダーのロミさんはカクテルをつくるんだろう。

他のスタッフがおしぼりをだしてくれた。メニューが置かれたカウンターには赤いバラが一輪、緑のヘデラを添えてガラスの瓶に生けられ、オレの前にはなぜか知恵の輪の入ったかごがある。

「ふたりとも、夕飯は？」

成宮さんの声がして、「あ……」と、凪紗が口ごもる。

「す、すませました、軽く……成宮さんは？」

「僕はまだだから適当に頼むね。三人でつまもうか。あったかいものでおすすめ、なんかある？」

オーダーを取りにきたロミさんに訊く。

「今夜は冷えるよね。〝柚子香る・牡蠣とほうれん草のクリームスープパスタ〟、おすすめ」

「いいね。じゃあそれ。あとオリーブの盛りあわせと……なにか食べたいものある？」

「え、わ、私っ？　わ、私は……あ、あの……」

「凪紗ちゃん、ゆっくり話していいよ。大丈夫、ゆっくりね」

ロミさんがやんわり言うと、凪紗はふうっと息をついた。

「あ、あの……私は、パスタさえ、あれば……」

「凪紗さん、パスタが好きなんですね。じゃあ僕、あとはチーズと明太子の春巻きと、サラダお任せでお願いします。ショウくんは？」

「オレは大丈夫です」

「承知しました。ナル、飲み物はいつもの食前の？」

「うん、それでお願い」

「オッケー。ショウくんと凪紗ちゃん、お酒でもジュースでも。コーヒーもおいしいよ」

「どうしよっかな……」

メニューを見ると、凪紗が顔を寄せてのぞきこんできた。一瞬どきりとする。

「それにしてもナル、なんで凪紗ちゃんと知りあい?」

かたわらに立つロミさんが、楽しそうに訊いた。

「僕の店にたまたま買い物に来てくれて。それで今日はまた偶然、映画館で遭遇してさ」

「運命の赤い糸みたいだね。がんばれー」

口先で応援するロミさんに、成宮さんが頭の後ろに手を当ててみせる。

「やさしい凪紗さんがね、ここで当てた映画のチケット、僕に一枚くれたんだ」

「なんだそれ! ナル、せこい。ここの花屋の店長なのに!」

「だよね、そりゃそうだよね。僕も悪いことしたなと思って、それでここに誘ったんだよ」

ロミさんにたじろぐ成宮さんが、まいったなという顔で苦笑いしている。

「ショウの分、私が払うからね」

ささやいた凪紗にうなずくも自分が情けなくなる。早く仕事を見つけて収入を得たい。

オレはロミさんに、植物系の身体によさそうなカクテルがあれば、と訊いてみた。

リンドウ科の植物の根からつくられたスーズというリキュールがもとのカクテルを勧められた。

「スーズ・トニックはね、消化を促す効果があるんだって」

教えてくれるロミさんに「それでお願いします」と返す。花の香りと人の食べ物を少々食べ過ぎていたオレにとって、きっとちょうどいいカクテルだ。

凪紗はロミさんのおすすめで、アプリコット・ブランデーとオレンジジュースにオレンジビターズが加わったバレンシア。

成宮さんはよく食前に頼むというバンブーに決めた。バンブーにはシェリーとドライベルモット、オレンジビターズが入っているとロミさんは教えてくれた。日本ではじめて生まれたカクテルといわれている、とも。

それぞれのカクテルがだされ、マスクをはずした凪紗の顔を、成宮さんがじっと見つめる。

「凪紗さんの素顔はじめて見ました。マスク、なしのがいいですね」

「あっ……あの……かん、乾杯しましょう！」

彼女が返答に困って提案すると、成宮さんがグラスを掲げた。

「じゃあ、メリークリスマースッ！」

恥ずかしそうな成宮さんの声で三人で乾杯をした。けどもう、カクテルを飲むこと以外することはなくなってしまった。

凪紗と成宮さんも会話のないまま時間ばかりが過ぎていく。オレは成宮さんが取り分けてくれたサラダを黙々と口に運び、スーズの薬草を思わせる香りを楽しむ。

「凪紗さん、お仕事は土日休みですか？」

二杯目のジントニックを味わっていた成宮さんが、当たり障りのない質問をした。だけど熱々のチーズと明太子の春巻きを食べている最中だった凪紗は、「あ……」と伸びるチーズをはふはふさせながらあわてふためく。

熱そうに食べる凪紗は頭を上下に振り、返事をしてみせた。どうにか春巻きを飲みこむ。

「ごめんなさい、間が悪くて」

グラスを置いた成宮さんがあわてる。猫舌の凪紗が大変じゃないか。

すると、すぐ右後ろのバーカウンターの中でロミさんがシェーカーを振る音が響きだした。ほかの客のオーダーだ。

バーテンダー兼ホール係がロミさん。マスターはシェフも兼ねているらしい。ほかにもスタッフが何人かいる。

マスターがやってきてパスタをだしてくれた。

「お待たせしました、〝柚子香る・牡蠣とほうれん草のクリームスープパスタ〟です」

成宮さんの前に皿が置かれた。その深みのある白い皿の幅広い縁には、花が添えられている。

「よかったら花も召しあがれ」

「秋良《あきら》さん、ありがとうございます。シェアしましょう」

マスターに礼を言った成宮さんがパスタをよそってくれる。先に取り分けようとした凪紗を制して。

「あ、あの、ちょっとで平気です」

「オレはエディブルフラワーほしいです！」

言ってみれば成宮さんは微笑んで、取り分けたスープパスタの上に花を飾ってくれた。

香りをすうっと吸う。柚子が生き生きしている。そしてエディブルフラワー。イエロー、パープル、深いレッドのビオラの、生の花とも異なる香りを、身体いっぱいに飲みこむ。

「いただきます」と両手を合わせた凪紗も「ゆ、柚子のいい香りがします」と皿の中の香りを吸っている。

「ロミの実家の柚子を使ってるんです。あいつの実家、庭に大きな柚子の木が三本もあって。今年は豊作だって採ってきてくれたんですよ」

ふたたびやってきたマスターに話しかけられた。いいな、庭に柚子。そんなことを思いながら「いただきます」とパスタを食べる。

「……あ。このクリーム、生クリームじゃなくて牛乳と……あと、豆乳使ってるんですね。合わせ技でヘルシー」

「よくわかるね、ショウ。さすがだね」

凪紗はスプーンにすくったスープをふうふう冷まして一口飲むと、首をかしげた。

「え、柚子しかわかんない」

「だって柚子の香りの向こうでさ、豆乳の香りと味がさりげなく主張してるでしょ？」

「ショウくんて言った？　いい嗅覚と味覚だね、素晴らしい」

マスターがオレを見ていた。

「あ、どうも……」

褒められてむず痒くて、オレはビオラの花を口に入れた。

隣では凪紗がスプーンの上でくるくるさせたパスタをふうふう冷まし、やっと口に入れたところだ。そのまた隣では、成宮さんがパスタをがっついている。

「秋良さん、これいけますね～」

うれしそうに彼が言うと、凪紗がもぐもぐして飲みこむ。

「あったまりますね……わ、私、猫舌だから、冷まさないと食べられないけど……」

なんて言って成宮さんとマスターを笑わせた。

くるくるパスタで巻くのはマイナスな気持ちだけじゃない。うまいものを食べて心躍る気持ちもってこともあるんだと、オレははじめて知った。

カクテルがパスタに合うのかと思ったけれど、成宮さんには問題ないらしい。「おいしいね」なんて言いながら、ジントニックはそっちのけで、パスタに対峙している。

この花屋カフェはカクテルも充実している。だからカクテルを飲みながら料理を楽しむ、という図式に自然となるんだ。

「このあいだ、店をオープンしたときのこと、お話ししましたよね」

成宮さんが凪紗に話しかけた。

「あ、はい。お知り合いとって」

「それ秋良さん、つまりマスターのことなんです」

「そうなんですね」

マスクをしていない、ほろ酔いの凪紗の声がキレイに響く。

「で、花屋の店長は僕だけど、肝心の市場での仕入れと経理の両方をやってくれている女性がいるんです。僕の九歳年上で秋良さんの幼なじみ。店にはでないけど」

「あー、そうそう秋良さんねえ」

ほかのテーブルへカクテルを運び終えたロミさんが楽しげに言う。

「ナルのお父さんは中学の美術の先生でね、秋良さんはその教え子。秋良さん、悪ガキでね、さんざん成宮先生の手を焼かせて世話になって、今でも頭あがらないらしいよ」

「こら、ロミ。よけいなこと言うなよなあ」

キッチンの向こうでマスターが怒ってみせる。ロミさんは肩をすくめてキッチンへ引っこんだ。

「で、でも、そのご縁で成宮さんは、こちらにお店をだせたんですね？」

「そうなんですよ。僕は人の暮らしを彩るお手伝いがしたかったんです。花屋もカフェバーもなくても困らないかもしれないけど。あると心が潤ったり、笑顔の源になったりする」

「それ、いいお話。素敵ですね」

「そう？」

このふたり、だんだんと会話が広がるようになってきた。

手持ちぶさたになったオレは知恵の輪に手を伸ばした。小さいころ夢中になったことがあったものの、このタイプははじめてだ。どんなに格闘しても取れやしない。

「ショウくん、貸して」

しばらくすると成宮さんが声をかけてくれた。凪紗づたいに知恵の輪を渡す。集中した成宮さんはまたたく間にふたつの曲がりくねった金属を抜き放した。

「器用ですね」

　オレは唸った。成宮さんが照れくさそうにはにかむ。

「知恵の輪はね、ほどけないからイライラするものじゃなくて、やってやろうっていう闘志がみなぎる。うまくとけたときの達成感は、たまらないんだよね」

「知恵の輪って……」

　ゆっくりと凪紗が言う。

「ストレスたまるものだと思ってたけど。あの、ほどけたときには、ちょっとハッピーになれるもの……なんですか？」

「そうなんですよ、まさに！」

　成宮さんの声がうれしそうに弾む。

「ハッピーになれるんです。ここにある知恵の輪全部、僕が持ってきたんですよ。カウンターでひとり酒をあおるお客さんのためにね。全然使ってもらえないけど」

「……ほしいです」

　その声に凪紗を見ると、二杯目のカシスオレンジを半分残した彼女の目はとろんとしていた。

「ん？　なにを？」

　訊き返した成宮さんを見ないで、凪紗がおずおずと言う。

「……知恵の輪、私もほしいです」

完全にカクテルで酔ったその勢いで言っている。

「知恵の輪を、元カレに送ります。私たち、ちゃんと別れたわけじゃないのに、あの人、結婚したんです。だから仕返しに……」

凪紗の声は最後には震えていた。なんだってこの雰囲気で痛いことを言いだすんだ。

「仕返し？」

成宮さんが訊いた。

こくり、凪紗がうなずき返す。知らないぞ。成宮さんにどう思われるか。

ほら来た。

「凪紗さん」

「この知恵の輪、よかったらみんな差しあげますよ」

なんだこの、やんわりとした声。

「凪紗さんが救われるなら僕はいくらでも手助けしたいし、知恵の輪を送るくらい、どうってことないと思います。仕返しの話は聞かなかったことにします」

「全部解けたら幸せになれるって、書いて送ってあげます！」

「それがいいですね」

それでいいのか？　成宮さん、それって大人の対応なのか？

「いいんじゃない？　仕返し。これも弔いの儀式だね。いいじゃん、やっちゃいなよ」

ほかのお客の会計をすませたロミさんが、凪紗に近づいて満面の笑みを浮かべた。

「僕は凪紗さんの味方でいたいです」

ぼそりと言ったのは成宮さんだ。

「あ……ありがとうございます」

礼を言う凪紗を、あたたかい目で見守る成宮さんとふたりだけにしてみようと、オレは席を立った。

洗面台の片隅に、かすみ草だけのドライフラワーを見つけた。条件反射で息を止める。

夏香ちゃんは今どうしているだろう。

枯れ果ててもなお、かすみ草は生きようとしている。白いかすみ草の花言葉は〝清らかな心〟。まるで夏香ちゃんのようだ。

凪紗は結局、五つの知恵の輪をもらった。成宮さんは引くどころか楽しそうに凪紗と話している。やり取りに遠慮がちに割りこんでみる。

「オレもナルって呼んでもいいですか？」

成宮さんは人のよさそうな笑みを浮かべて、「もちろん」とこたえてくれた。

隣の凪紗の頰はほんのり桜色で、いい夜の中にいるんだとうれしくなる。

「凪紗さんは社会人二年目なんですよね？　ショウくんは？」

ナルの問いかけに、話しかけられるとまったく思っていなかったオレは一瞬、背筋がびくっとする。

「オレ、仕事さがしてるところで」

「そうなんですか？　うわ、ちょうどいいな。ロミさーん！」

大声でナルが呼ぶと、キッチンの中にいたロミさんがこちらを見た。

「なーにー？」

「ショウくん、仕事をさがしてるんだって」

「マジ？　うちさ、スタッフ募集中なんだよ。ふたりも辞めちゃったばかりでてんてこまい。ショウくん、賄いつきだよ、やらない？」

「こんな銀髪で、ときどき碧く見える目なんですけど」

「問題ないよ、そんなの、全っ然！　ショウくん目当ての女の子とか来てくれるようになりそう……って秋良さんの許可いるんだった。ねえ、秋良さーん！」

呼びかければ、フロアで客と話していたマスターがカウンターまでやってきた。ロミさんが説明をしてくれる。

「飲食店の経験、ある？」

オレを見るマスターの目が鋭く光った気がした。

「ホテルのレストランで皿洗いと、キッチン補助も……」

「いいね。もっとさ、その味覚のセンス、生かさない？」

「あ……興味あります！」

「合格。いつから入れる？」

そうしてオレはあっさり花屋カフェ・リュンヌのスタッフに決まった。

社会に拒絶されるだけじゃない。必要としてくれる場所も、どこかには――そう、思いがけないつながりから生まれるんだ。


小銭しか持っていないと思われたナルは、ちゃんとお札も持っていた。「ほとんど僕が食べたんだし。その代わり、また店に来て」、そう言ってオレの分までごちそうしてくれた。凪紗は例の1ドリンク無料クーポンを差しだし、使ってもらった。

この近くのマンションに住むというナルと店の前で別れた。凪紗はナルと次の約束もなく、連絡先も交換していない。もっとも、ご縁があればまた必ず会えるものだ。

丸い月が夜空に浮かんでいる。

「なんか異世界へ迷いこんだみたい。ショウに出会って、成宮さんやロミさんと話して」

アパートまで歩きながら凪紗が言う。オレたちは映画館でナルからもらったキャンディーを舐めている。

「雅輝の知らない凪紗だもんな」

「うん。だけど私ね、雅輝さんがここにいたらなんて言ったかなって、どうしても考えちゃった」

それほど深く雅輝は凪紗の心に居座り続けているということだ。

「私はもう恋愛はこりごり。信じきって、いっぱい好きになって、裏切られるのがすごく怖い」

「だから腹いせに雅輝へ知恵の輪を送りつけるの？」

「腹いせか……これが私なりの、お弔いの儀式なんだと思う。だけど、まだいいや。もう少し考えてみる」

「そっか……」

凪紗は改めて失恋をした。そばにいて力になってやりたいけれど、最後に克服するのは本人の意志だ。

「あのさ。仕事決まったから、近いうち凪紗のアパートでるよ」

「え？　部屋さがすにも、お金は必要だよ？　保証人はどうするの？」

「そんなこと言ったって、いつまでも凪紗の部屋にはいられないでしょう？」

　金が貯まるまで公園で野宿したっていい。ミニサイズで木の上で寝泊まりしたって誰に見つかるでもない。

「いいよ、うちにいても。ロフトに住んだらいいよ」

　きっぱりとした声に、凪紗を見つめる。

「その代わり寝るときはミニサイズになってよね。あと、掃除と片づけはよろしくね。家賃と光熱費はいらないから。私の洗濯は絶対しないでね」

　マスクの下で不敵に笑う。

「オレ、いてもいいの？」

「いいよ、いても」

「ありがとう！　じゃあ、オレが掃除と片付け、凪紗は自分の洗濯と……料理はどうする？　オレがつくろうか？」

「お料理はしなくていいよ。ショウは食べなくても平気なんだから。私は自分のだけつくる。やっぱりショウに手料理をふるまうのは、私の美学に反するしー」

　笑いを含めた、冗談めかした言葉だった。

「ハニー、サンキュー！」

その手を取って抱き寄せた。

「ちょっと、いちいち抱きつかないでよ。大きな犬にじゃれつかれてるみたい！」

「だってさあ、うれしいから～っ！」

ぎゅうっと腕に力をこめる。華奢なその身体はオレの両腕にしっくりと収まるサイズだ。凪紗からはぶどう味のキャンディーの香りがする。

「わかった、わかったからもういいって」

けたたけた笑った凪紗が身をよじって逃げだした。

「なんかね、私が少しでも誰かの役に立ってるんだって思うと、うれしいって気づいたの」

歩きだした凪紗の隣で歩調を合わせる。

「私だって誰かとつながっているんだって。ひとりじゃないから、なんでもできるんだって……あ、山茶花《サザンカ》」

住宅街の一軒家の前を通りかかると、庭先のフェンスに寄りかかるように山茶花の花が咲いていた。茂る緑の合間の濃いピンク色が街灯に照らされている。

「寒いのに、がんばって咲いてる」

足を止めた凪紗の声がか細い。

「寒ーい冬に、わざわざ咲く花もあるんだよね」

オレの言葉を受けて、凪紗が「寒い冬に……」としんみり繰り返す。

「庭の山茶花が散りはじめたころ、お父さんは亡くなったの。だから山茶花っていうと、あのころを思いだしちゃう」

花に近しい人は、花と誰かが結びついているものだ。特定の花を見て、大切な誰かをふいに強く思いだす。

「昨日ね、お母さんに電話で、私の名前の由来、改めて訊いてみた」

「なんて言ってた？」

「お父さんがつけてくれたんだって。私が大きくなったら、名づけの意味を教えるって言ってたみたい。だけど、私が十歳のときに亡くなって……お母さんも、ちゃんとは意味、聞いてないんだって」

「そっか、凪紗の名前の由来わからないか」

「うん。気になるなあ、お父さんが名前にこめた想い……寒っ！」

冷たい風にぶるっと身震いをして、凪紗は首をすくめた。

出会いと仕事。すべては凪紗からはじまった。

そうしてオレはリュンヌで働きはじめた。キッチンがメインで、たまにホールもこなした。年末年始には実家に帰った凪紗の代わりに、アパートで留守番をした。

まさに、凪紗におんぶに抱っこ。甘えている。それでも時は動きだした。

いつかオレは、夏香ちゃんに会いにいけるだろうか——。

3

熱々ガレット

—スイートピーとロックを添えて

flower shop cafe Lune

物憂げな雨の降る、一月の夜。居酒屋の薄暗い席に煙草の煙がたゆたっている。高校の同級生が三人集まって久しぶりの再会を喜んでいた。自分が今夜飲み会を開いたわけは、己の立ち位置を改めて知りたかったからかもしれない。

「そんでロミはどうなの、彼女と」

独身男たちの恋愛観が披露されたあと、ちゃんと訊かれた。それは同じく人生に迷うふたりのやさしさでもある。

「芹奈《せりな》と別れるのは時間の問題かも。っていうか、自分の問題だな」

空気が重たくなった。体は女である自分自身が今さらながらもどかしい。

彼女を幸せにできないいんじゃないかと苛まれ、会わなくなって数日が経っていた。

「そういや俺の彼女、SNAKE NECKのファンでさ」

唐突にもうひとりが切りだした。場の空気を変えようと思ってくれたんだろう。

「俺よりそのボーカルに夢中っていう。まいるね。俺だってほら二十六にもなってこのとおり前途多難」

「……スネーク・ネック?」

訊き返さずにはいられない。

「遥人《はると》のいるバンド。あいつさ、けっこう名の知れたバンドでベース弾いてて」

高校のころ同じ学年だった遥人とは、軽音楽部で一緒だったことがあった。

「あいつ、音楽続けてたんだね。そう、遥人がバンドを……」

「なんだっけ。ロミと仲良かったのに、音楽性のちがいでケンカしたんだっけ？」

「まあ、そんなもんかな」

「こんなに人気でるなら俺、高校のときサインもらっとけばよかった。そしたら彼女にきゃあきゃあ言われたのになあ」

「オレも！　あいつ、高校のときすげえモテてたよな。やっべ、超うらやましい！」

友人たちが遥人のことで騒ぐ中、生ビールを飲み干した。

遥人のヤツ、今もベースを……どんな音楽なんだろう。芹奈を想いながら、同時にあいつのことを考えてしまう。


高校一年のあのころ、すでに自分の性自認は男だと確信していた。

色白のベリーショート。制服のスカートが嫌で、登校には学校指定のジャージを着用。

ギターを抱えて軽音楽部に仮入部した初日、先輩たちはそんな自分に興味津々だった。

女が好きなのか、トイレはどっちに入るのか、という先輩たちのキツイ質問に笑みを浮かべながらこたえ、心では憤りを覚えていた。どうにか音楽の話題にすり替えようと必死だったそのとき。

教室の隅でベースを弾いていたほかのクラスの男子が、自分の前にやってきた。

「髪短いのマジかっけーな。アニー・レノックスみたい」

「ユーリズミックスの？」

「知ってるんだ！　昔のユニットなのに。よろしくな」

いきなりの握手。遠慮もなければ拒絶もない。それが遥人だった。彼の男気に触れ、そこはかとない感動に包まれた。

遥人がいるから入部を決めた。遥人を知るうちに、大きな求心力が彼の中にあることを知った。花に蝶が集まるように、男女問わず人の輪の中心にいつも彼はいた。

遥人の自分への接し方を真似るように、部活の人たちも次第に自分を受け入れてくれるようになった。

いつからだったろう。遥人の眼差し。大きな肩幅。その声。ベースを奏でる仕草。すべてがまぶしいと思うようになったのは。

自分は遥人に惹かれていた。焦がれていた。

それは、こういう男に自分もなりたいという切望だった。

光のような遥人に近づくことで照らしだされて生まれた影。それはまるで自分だった。

遥人をまぶしく思えば思うほど、女である自分の存在が浮き彫りになった。

「ロミ、なに見てんの？」

高校二年の夏休み。声をかけてきた遥人に、部室に持ちこんだカクテルの本を渡した。

弘美《ひろみ》だからロミ。そう名づけてくれたのは遥人だった。

「兄貴の本。カクテルってさ、いろんな色あるし、繊細でアートみたいで見てるだけで楽しい……って飲んだことないけどさ」

カラー写真をめくっていた遥人はとあるページで手を止めた。

「ああ、それ、ホーセズ・ネックでしょ。長いレモンの皮が馬の首みたいだから」

得意になって教えてやった。

「ホーセズ・ネック？」

「ブランデーとジンジャーエールに、レモンの皮の螺旋剝きをカールさせてタンブラーに入れるんだって」

自分の説明に、本に載っているレシピを確認した遥人は驚いてみせた。

「よく覚えてんな。でもこのレモンの皮、馬？　どう見ても蛇じゃね？」

「やっぱりそう思う？　自分もさ、蛇みたいだって思ってた」

「だよね」

そう言ってうなずいた遥人はぱっと輝くような笑みを浮かべた。

「つくって。これからロミんちで」

「え、これから？　未成年は酒ダメじゃん」

いったいなにを言いだすのか。遥人はこんなふうに突拍子もないところがあって、そこがまた人を惹きつける要因だった。

「う―ん……じゃあ、お酒は一滴だけで。っていうかオレ、ロミんち行ってみたい。漫画いっぱいあるんでしょ？」

くしゃくしゃに笑った顔で言われ、嫌だとは返せなかった。むしろ興味を持ってくれることがうれしかった。カクテルにも、漫画にも、自分自身にも。

ブランデーなら父親のとっておきがある。それを失敬すればいいだけのこと。たった一滴だけを。

「わかった。じゃあ、これからうち来いよ」

「ラッキー！」

昼下がり、遥人と電車を乗りつぎ、自宅の最寄り駅についた。ふたりで近所のスーパーに寄った。ジンジャーエールとレモンとアイスを買って家路を歩く。

家につくのがもったいなくて自分はこっそり遠回りをした。遥人とふたりで話すことが、真夏の陽射しや蟬時雨の中を歩くことが、たまらなく楽しかった。

　遥人の制服の白いシャツの背中は汗で濡れていた。自分が着る濃紺のTシャツも汗が噴きだす。買い食いの棒アイスは溶け、お互いのを味見したりして笑いながら歩いた。

　夏がそこにいた。遥人のいる景色のすべてが輝いて見えた。

「あっついな。家、もうすぐ？」

　遥人がアイスの棒をしゃぶりながら訊く。

「ついたよ。そこのオレンジ色の瓦屋根」

「庭広いなー。木がいっぱいある！　うわ、ガーデニングもすげえ！」

「母さんがハーブづくりにも凝ってて。行こう」

　玄関を開けると、誰もいない家は熱気がこもっていた。母親はパート中だった。父親はどこかへ出張中で、兄貴は大学。遥人とふたりきりということに喜びと少しの緊張が心の中で絡みあう。エアコンをつけ、気持ちを落ちつかせようとした。

「早くつくって」

「ソファで待ってろ」

「やだ。近くで見たい」

「じゃあ、見てな」

自分はリビングのキャビネットからブランデーを持ちだした。キッチンでレモンの皮を螺旋状に剝く。慎重に、息を止めるようにして。

「皮剝きうまいのな」

「実は前に練習したことあってさ、ホーセズ・ネック。レモンの皮剝きだけね」

興味津々の顔つきで手もとを見る遥人に言う。

「カクテルってホント芸術的でしょ？　キレイじゃん、見てるとテンションあがる」

「音楽のときとおんなじくらい楽しそうだな。カクテルの話するロミって」

「そうかな」

「好きなんだな」

「…………」

照れくさくてこたえないでいるうちに、レモンは剝けた。それをカールするようタンブラーに入れ、一端を縁にかける。

「じゃあ、次ね」

つぶやいて冷蔵庫の製氷室を開ける。レシピは見ないでも覚えている。氷を入れ、ブランデーを一滴たらす。

「ちょっと待った」

カクテルの本を見ていた遥人が片手をあげた。

「なに？」

「ブランデーは45㎖って書いてある。ほら、ここ」

レシピを自分の前に広げて、大真面目に言う。

「だから未成年だってば」

「ここはレシピどおりにいかないとホーセズ・ネックじゃないんじゃね？」

「アルコールはその人に合わせて、さじ加減でいいんじゃないの？」

「チッチッチ！」

立てた人さし指を左右に振ってみせ、遥人が自分をにらむ。

「お菓子はレシピどおりにつくらないと、おいしくできないって聞くだろ？　だったらカクテルもそうだろ？」

「ん？」

「だからさ、レシピに忠実につくってみてよ。どれだけレシピのとおり再現できるか、ロミの腕の見せ所だろ？」

「……だな」

「やった！」

まんまと遥人に丸めこまれ、つい、計量スプーンを持ちだしてしまった。慎重にブランデーを量ってからタンブラーに注ぎ、ジンジャーエールを満たす。

「完成です」

「うっわー、なんかたまらない罪悪感！」

「遥人、はしゃぎすぎ。言っとくけどこれ結構強いから。舐めるだけにしよう」

「はいはい、そうですよね！　な、ロミの切ったレモン、レシピの写真より細く切れてるからやっぱマジ蛇みたい」

「たしかに蛇だな。ホーセズ・ネックっていっても全然馬じゃない」

自分の言葉に、遥人がタンブラーを手にしてまじまじと見入る。

「ロミのこれはスネーク・ネックだよな。あ、蛇に首なんてないか」

「スネーク・ネック……うん、じゃあこれ、オリジナルカクテルってことにしといて」

「オリジナルって、すげえ！　ロミってバーテンダーみたいだな！」

にんまりとした。バーテンダー、その響きに胸が躍った。

「遥人、漫画見たいんだよね。自分の部屋で飲む？」

「そうしよ！」

できあがった一杯のカクテルを手に二階の部屋に案内する。床に置いたままの漫画の山をかきわけ、遥人があぐらをかく。自分はベッドに座って蒸し暑い部屋のエアコンをつけた。

「じゃ、お先にどうぞ」

「いただきます」

遥人がタンブラーを口に寄せ、そっとひと舐めした。

「げっ！　ちょっとこれ……ロミも舐めてみて」

タンブラーを渡され、ちょろっと舐めてみる。

「ん……まずい！」

ふたりそろって音を上げた。

「こんなもん、おいしいなんて飲む大人、ヘンだと思わない？」

遥人の言うとおりだ。自分は賛同する。

「うん、やっぱ未成年は酒ダメだな」

大人と呼ぶには幼く、子どもというには大人びていた自分たち。

スネーク・ネックはひと舐めでやめた。ジンジャーエールを氷たっぷりのグラスに満たし、味わった。

「これって中身なんなの？」

喉を鳴らした遥人が訊く。

「ショウガのジュースだよ」

「へえ、大人の味。うまいのな」

話すことはいくらでもあった。音楽のこと。漫画のこと。高校のこと。将来のこと。セクシュアリティのこと――。

「ロミは、女の子が好き？」

澄んだ瞳でそっと訊かれた。

もっと前の自分なら、遥人に会う前の自分なら、肯定していた。

だけど、自分は遥人に出会ってしまった。

憧れよりも強く、尊敬だけでもないこの想い――これまで女の子を好きになった気持ちとは、まるでちがった。

「オレは、ロミが好きだよ……ね、オレのことは？」

遥人の傾けた首すじから、求めているものが匂い立つようだった。

「……いろんな意味で……」

こたえる自分の顔をのぞきこむ遥人。その頰に触れてみたくなる。

この先、遥人を失くしたらどこにいるのかわからなくなる、自分の存在――遥人に抱かれることで知りたかった。いや、それは言い訳だ。

光と一体になりたかった。

まるで白昼夢のようだった。

遥人は終始やさしかった。遥人に抱かれることで自分を取り巻く外界を知った。この体の輪郭を知った。

――だからこそ。

やさしさも痛みも、この体が女であることをあらためて自分につきつけた。

止めることのできない嗚咽の中で自分は思った。

女ではいたくない。けれど遥人といる以上、自分は女になってしまう。

「ロミはさ。男とか女とか頭で考えないで、もっと自然体でいいんだよ」

「わかってないくせに！」

遥人は困った顔をすると、「おいで」と片手を差しだした。自分は再び体を預けた。

遥人はぎゅうっと自分を抱きしめた。

この体になりたい、心底思った。汗ばんだ遥人の胸で目を閉じれば、その内側に入れそうな気がした。けれど入ることなんかできなくて涙はただしょっぱかった。

悔しかった。どんなになりたいと願っても叶わない憧れが遥人だった。

「ちゃんとさ、オレたち、つきあわない？　オレはロミだから好きになったんだ」

やさしいその瞳を見つめていたら、自分が自分でなくなるようで心底怖くなった。

「……バカ野郎！　もう帰れ！」

て。

「ロミ……」

「自分は男だ！　女が好きな、男なんだよ！」

それ以来、遥人とは距離を置いた。軽音楽部もやめた。自分の気持ちを、押し殺して。

時は過ぎてもう二十六歳。大人と呼ばれる年齢になったのに。

遥人の名前を聞いてから、まるで憑かれたみたいに彼のことばかり考えている。

インターネットでバンドを検索すればライブの日程はすぐにわかった。結成五年目の記念ツアー中で、ツアータイトルは〝Departure〟――〝門出〟だった。

ツアーで訪れるライブハウスのひとつは、運命的なことに自分が勤める花屋カフェの近くにあった。

迷いはなかった。今の遥人の音をこの耳で聴きたいと思った。ただ純粋に遥人の音を感じたかった。

ライブ当日、酒か栄養ドリンクでも差し入れてやろうと思い、少し早めに家をでた。

リュンヌでの仕事は休みをもらっていた。

やけに冷えこんでいて昼から雪が降りだした。痛いほど冷たい空気の中を真っ白な小雪が舞う。家々の屋根も裸の木々も遠慮がちに白く染めながら。

陽が暮れた今はしんとした世界。音という音を雪が吸い取ってしまったかのようだ。

けれどライブの終わったあとにはこの耳に遥人のベースの音が残っているのかもしれない。そうだったらいい。

花屋の前で足が止まり、ドアを開けた。自分の仕事場の隣、ペタルだ。

「あー、ロミさん、いらっしゃい」

なにやら作業中のナルが、レジの奥から声をかけてくれた。

「今日はロミさん、休みだっけ？」

「うん、一日フリー」

背後で店のドアが開く。

「こんにちは」

入ってきたのは、若い男女、仕事仲間のショウとマスク姿の凪紗ちゃんだ。ショウのシフトは早番でもう上がり、凪紗ちゃんは日曜で会社が休みなんだろう。

「ロ、ロミさん、お久しぶりです。来てたんですね！」

凪紗ちゃんのマスクからでた目が、にこやかに輝く。

「久しぶり。クリスマス以来だよね？　ショウが働きだしたってのに、ちっともリュンヌに来てくれなくて」

ちょっとすねるように言ってやった。

「あ、すみません……ショウの働く姿、な、なんか気恥ずかしくて、見にいけなくて」

マスクの下で凪紗ちゃんの声が低くくぐもる。そこへ「凪紗さん、ショウくん、いらっしゃい」と、ナルがやってきて声をかけた。

「な、成宮さん、こ、こんにちは。あの、あの……ショウがまた、花がほしいって」

「ショウくんが？　ホントに花、好きなんだね」

驚くナルだけれど、自分も驚いた。

「そんなにショウ、ここに来てるの？」

「お得意さまだよ。ショウくんのバイト代、花に消えちゃって申し訳ないくらい」

「オレ、花が好きなんです。いいっすよね、花のある暮らし」

にっこり笑うショウは、かわいさのあるイケメンだ。銀髪に、時おり碧く見える瞳。イケメンに花、似合いすぎだ。

そういえば、たしかショウは凪紗ちゃんと住んでいるはずだ。バイトに来るようになって、すぐにショウが教えてくれた。

「ふたりって、やっぱ同棲なの？」

「え、一緒に住んでるの!?　それでいつも、ふたりで来てくれてたの!?」

自分の問いかけにナルが反応した。襟足をがしがしかいて動揺している。彼は草食系男子的な面を持ち、彼女いない歴はそのルックスに反して長い。

「あ、あの……ちがいますっ！　こ、この人、い、居候っていうか、ルル、ルームシェア、してるだけなんです……っ！」

「そうですよ。オレたち、そういう関係じゃないっす」

「そうなんだ……なんだ、そっか……」

ほっとした顔のナルが自分を見た。

「えーと、ロミさんも花？　それとも観葉植物かな？　彼女さんに、とか？」

つくり笑いにプラスして今の自分にはキツイ台詞。

「彼女とはケンカ中。自分のこと心配しなよ」

「あれ？　ロミさん、彼女さんとケンカ中なの？」

ナルがさらに訊いてきた。そこは掘り下げなくていいのに。

「いや、その話はよくて。これから昔の仲間のライブに行くとこで、そいつ男なんだけどさ、花あげて喜ぶかな。やっぱ酒のがいいかな」

「花、喜びますよ！」

こたえたのはナルではなく、ショウだった。

「ロミさんからのプレゼントならなおさら。花に想いを託すといいんじゃないですか？　ね、ナル？」

ショウが左耳の碧いピアスをさわりながら店主を見る。

「そうだね、サプライズの贈り物ってさらにうれしいし」

男たちが言うのだから、そうなのだろう。

……またた。またこんなふうに、男だからという視点にいる。性別なんて関係ないと思いつつ、いちばん自分がこだわっている。自分に自信の持てない人間だから、芹奈との関係だって危うげになっているんだ。

「じゃあ、花束にする。花はなにがいいかな」

店内を見回せば、名前も知らない花たちが鮮やかに咲き乱れていた。

勤め先のリュンヌで、カクテルや料理に飾るエディブルフラワーの扱いなら慣れているものの、生の花となると名前も選び方もからきしわからない。

「花の種類は一足先に春めいてきているんだよね。キーパー、見て」

凪紗ちゃんとショウに先を行くよう促して、自分も後に続いた。

キーパーというのは花用のガラス張りの冷蔵庫だ。リュンヌとは反対側の壁際にある。そこにはぎっしりカラフルな花たちが詰まっていた。

「男の人への花束ってどんなのがいい？」

訊くと「スイートピーは？」、ショウの即答。

「そうだね、春を先取りしてスイートピーがいいかも」

ナルがうなずく。

「スイートピーだと、今うちにあるのはこれ。黄色とピンク系と紫系」

「ふりふりしててかわいいな。けど、あいつに似合うのかなあ、こんなふりふり」

「紫系でほかの花も入れてシックにまとめたら、男性受けもすると思うよ。香りもいいし。〝スイートな匂いのマメ科の植物〟だからスイートピーっていうんだよ。嗅いでみて」

ナルの言葉に、花に鼻を近寄せた。

「うん、甘くていい匂いがするね」

たとえるなら……シロップを煮て、焦げる前の透明な甘い香りだ。

「あ、オレからももうひとつ、マメ知識！」

ショウが言った。

「マメつながりで？」

笑って返せばショウもくすっと笑う。

「花が蝶の形に見えますよね？」

ショウの言葉に凪紗ちゃんが花に見入る。

「わ、蝶！　似てるかも」

「ホントだ」

　自分も感心してしまう。マメの花に似ているけれど羽を広げているようにも見える。

「今にも羽ばたきそうな蝶みたいだから、スイートピー全般には〝門出〟って花言葉があるんですよね。色は関係なく」

　ショウの言葉に、ナルが「さすが花好き」と目を丸くしている。

〝門出〟か――あいつにふさわしい。

「いいね。うん、すごくいい。スイートピーに決める。紫系ので。でもさ、かわいくならないようにして」

「はーい、承知しました」

　予算を伝えると、ナルは無駄のない動きでキーパーの中の銀色の筒に入った花を選び取った。フローリストナイフで素早くカットしていく。

　その仕事ぶりを見ていると、凪紗ちゃんに訊かれた。

「あの……ラ、ライブって、この近く、ですか？」

「うん。ここからもうちょっと国道側に歩いた、ライブハウスＬＩＦＥ」

「あ……そこ、知ってます。な、何度か前を通っただけですけど……あの……どんなジャンル、ですか？」

「ロックだよ。高校のころの仲間がベースやってて。けっこうファンもついてるっぽい」

「わ、すごい！」

「オレたちも行ってもいいですか？」

ショウが食いついてきた。

「マジ？　当日券もあるらしいから、一緒に行こう」

「やった！　凪紗、行こうよ」

「うん！」

三人でライブに行くのもおもしろそうだ。正直ひとりで行くのは心許なかったから、ふたりに感謝だ。

「はい、お待たせしました」

やがてナルが差しだした花束は紫でまとめられている効果なのか、ふりふりのスイートピーが甘くはなく、たしかにシックで大人びたものに見えた。

「紫の八重のチューリップと、レースフラワーも入れてみたよ」

「さすがですね、プロの腕！」

ショウが歓声をあげる。

「す、素敵ですね……ラ、ラッピングもおしゃれ。紫のワックスペーパーと、ブラウンのリボン」

マスクの上の目をきらきらさせて凪紗ちゃんが言う。

「うれしいな、そう言ってもらえて」

　はにかんだナルに「素敵な花束、サンキュー」と会計をすませる。

「じゃ、行こうか」

　ドアに向かうと、ショウがナルに歩み寄った。

「これからライブ行くから、オレ、また別の日に買い物来るよ」

「荷物になっちゃうからね。いつでもふらっと来て」

　それからナルは「ね？」と凪紗ちゃんを見た。

「あ……はい！　また、また来ますね」

　マスクからでた凪紗ちゃんの目が楽しそうに笑っている。

　案外このふたり……なんて人の恋路に首を突っこんでいる場合ではない、自分は。

　茶色い紙袋に花束を入れてもらった。ナルは袋に入れると形が崩れると言うけれど、剥きだしでは恥ずかしいし、ライブで潰されるのはもっと嫌だからお願いした。

　ドアを開ける。外の空気は冷たすぎて思わずぶるっと震えてしまう。

「ナル、それじゃ。いってきます」

「三人ともライブ楽しんでね」

「ありがとうございました、お気をつけて！」

　ナルとバイトくんに見送られ、片手をあげて店をあとにする。

小雪はまだ降り続き、銀世界が広がっている。なんだかわくわくしてくる。

「開演七時、あと三十分ちょっとか。凪紗ちゃんとショウ、メシはどうする？　自分は軽く食べてきたんだけど。ふたり、お腹すいちゃうよね」

「あ、平気です。ちょ、ちょっとコンビニで、おむすび買います」

凪紗ちゃんが言えば、ショウが「え？」と訊き返した。

「歩きながらおむすび食うの？」

「ライブまで時間ないからね」

「かなり恥ずかしくない？」

「いいの。お腹すきすぎると私、夕方以降は頭ぼんやりしちゃってダメなの」

そんなこんなでふたりはコンビニで買い物をすませ、歩きながらかぶりついた。凪紗ちゃんはマスクをあごにずらして、水色の傘を差したまま無言で食べている。おとなしそうに見えて、実は豪快な人なのかもしれない。

「雪で転ばないでね」

心配になって言えば、「ありがとうございまふ」、凪紗ちゃんがもぐもぐしながら返してくれた。

ほどなくして彼女はショウが食べ終わったおむすびの包みを受け取り、自分のと一緒に持参したポリ袋に入れて鞄にしまった。

さりげないやり取りが、まるで恋人同士だ。お酒の入っていないときは緊張感まるだしで言葉も噛み噛みの凪紗ちゃんが、ショウとは自然に仲良く話している。ナルの出番はないってわけか。

そうこうしているうちにライブハウスの前にやってきた。

女の子たちがぞくぞくとビルの入り口から地下へと降りていく。まるで洞窟に吸いこまれていくように。

「お客さん、いっぱい……前のほう、い、今からじゃ無理ですね……」

ふたたびマスクをつけた凪紗ちゃんが残念がってくれるのがうれしかった。

「いいって。どうせいちばん後ろで聴くつもりだったから」

階段を降り、地下の受付で少し並んで、ショウたちも当日券を買えた。分厚くて重たい防音ドアを開けて、ふたりを通す。

会場内は女の子のほうが多いように見えた。自分たちは物販の前、客の最後尾を陣取る。ここなら花束の入った袋を潰される心配もない。

「ライブハウスって、じ、実ははじめて……どきどきしちゃう、楽しみで」

コートを脱ぎながらの凪紗ちゃんの声に、「よかった」と返す。

「オレは久々。今日って対バンですか？」

「ううん。ＳＮＡＫＥ　ＮＥＣＫってバンドだけ」

「そ、そのバンド、私、聞いたことあります。このあいだ、ラジオにゲスト、で、でてましたよね？」

「ラジオに？　そうだったんだ」

遥人のヤツ、どんなことを話したんだろう。まさかバンド名の由来を……なんて、あのカクテルのことを明かすはずもないだろう。

「そうだ、ドリンク取ってくるよ。なにがいい？」

凪紗ちゃんに訊いてみる。

「んーと、カ、カシスオレンジで。あ、花束、私が持ってましょうか？」

「お願い」

そうしてショウとふたりで、バーカウンターに向かっているときだった。

「ね？　声そうだよ。やっぱあれ女だよ」

「だよねー、オナベ！」

「なんか痛々しくない？」

「ヤバいよね」

背中に知らないふたりの女の子の声が刺さった。さんざん言われてきた言葉だ。

「花束だってー、誰にあげる気だろう。見ない顔だよね」

「うちらのＳＮＡＫＥ　ＮＥＣＫに、不釣り合いじゃない？」

「ああいう人は、ちょっとね」

そんなこと、つべこべ言われる筋合はない。怒りと悔しさで胸が震える。

「なんだあれ。むかつく」

ショウだった。怒りの目でふたり連れの女子たちへと向かっていく。

「待て。放っておけって……」

「ちょっと！」

大声をあげたのは凪紗ちゃんだった。振り返った正面の女子ふたりを、マスクからでた目でにらみつけている。

「聞こえてますよ？　彼、友だちなんですけど」

言葉の端々に、うるさいなに言ってんの、そんな攻撃性が感じられる声だった。

女子たちはぎょっとした顔で場所を移動していく。

「あーあ。凪紗ってば頭に血がのぼるとなにするかわかんないタイプだ」

ショウは茶化すけれど、自分はたまらなくうれしかった。

凪紗ちゃんが自分を認めてくれていることが。彼、そう言ってくれたことが。

ドリンクを取りにいって凪紗ちゃんに渡す。

「さっき、ありがとう。うれしかった」

「あ……だって……頭にきたんです、すっごく」

「凪紗は怒ると怖いから」

ショウの言葉に、凪紗ちゃんは恥ずかしそうにマスクをあごにずらしてカシスオレンジに口をつけた。

やがて会場の照明が落ち、ステージに五人のバンドマンが現れた。

女子たちの黄色い歓声。大音量で流れるロック。光を浴びて、遥人がいる。

ベースをかき鳴らす遥人を自分はにらんだ。

客たちは高めで少しハスキーがかった男性ボーカルの歌に酔いしれ、間奏で遥人が轟かせるベースの音に熱狂する。

――SNAKE　NECK。遥人が名づけたことは明白だ。

彼もまた、あの夏の昼下がりを覚えているということ。スネーク・ネックを舐めた、あのときのことを。

会場に向けて遥人が一瞬の笑顔を見せる。昔と変わらない潑溂とした笑み。

そうして「ここ！」というところに、絶妙なタイミングでベースをうならせる。あのころを閉じこめた小箱が今、目の前で開いている。

自分はいったい、なにをしにきたんだろう。

傷口に塩を塗りこむためか。遥人にもう一度、影なる自分の存在を知ってほしいためか。

——どちらも、ちがう。

自分にぶつかってきてくれた遥人……その姿をなぞってみたかった。人を純粋に恋う、その強さがほしかった。

かつての遥人に、大人になった今でも背中を押されるなんて。


ライブが終わり、自分は花束の入った紙袋を凪紗ちゃんに差しだした。

「これ、楽屋で遥人に渡して。ベースの人に。お願い」

「で、でも……ロミさんからもらったほうが、遥人さんも、うれしいと思います。それに、それに楽屋なんて、そう簡単に行けるもんじゃないと思うし……」

「そうっすよ。オレらが行っても追い返されますって。しかもさっきのＭＣでメジャーデビューが決まったって言ってたし」

あのツアータイトルにはインディーズからの〝門出〟という意味があったんだ。

「そんなことない。女の子からもらったほうが絶対あいつ、うれしがる」

この期に及んで遥人に会うのが怖くなっていた。

「それじゃあ……」

凪紗ちゃんに見つめられた。マスクの上の目にはマスカラがきれいについている。

「三人で行きましょう！」

意外と凪紗ちゃんは快活な人かもしれない。

「いや、その必要はないみたいだよ」

ショウの言葉に、その視線の先を追う。

バンドメンバーたちが自分らの真後ろの、物販コーナーにやってきたところだった。すぐに女子たちに囲まれ、こっちはもみくちゃになる。

遥人がそこにいた。

長めの髪に黒い革ジャン、胸もとにはターコイズのペンダント。

――ドクン。

胸の真ん中で、なにかが大きく震えた。緊張となつかしさが自分の中に走る。

間近で見る遥人は制服姿のあのころより大人びて、だけど屈託のない笑顔は変わらず輝いていて、自分は今、未来にいるのか過去にいるのか、一瞬わからなくなる。

「あ、凪紗、待てって」

ショウに呼ばれても凪紗ちゃんは花束の入った袋を頭上に掲げながら、女の子たちをかきわけ遥人の前へと歩み寄る。これが一杯のカシスオレンジの力だ。

「あの、遥人さん、ですよね？」

「そうです」

営業スマイルを浮かべた遥人が凪紗ちゃんを見る。

「これ、あの……」

凪紗ちゃんが袋ごと花束を差しだした。

「おっ、花だ」

受け取った遥人が花束を取りだして、スイートピーの香りを嗅いでいる。

「ロミさんからです。高校のとき、一緒だった」

凪紗ちゃんは、面と向かって遥人に切りだした。

「ロミから？　えっ？」

「そうです」

身を乗りだしてこたえたショウが、陰にいた自分の背中を押した。

前にだされ、遥人と見つめあう。

「ロミじゃん！」

ひときわ大きな声で、遥人が言った。

「……元気そうで」

返しながら、自分の顔が引きつるのがわかった。

「花、いい匂い。ありがとな。もう一生会えないと思ってた」

「自分と？」

「そうだよ」

「なんだよ、それじゃあまるで死んだみたいじゃん。勝手に殺すな」

「わりぃ。だよな」

こっちを見て、遥人が笑い飛ばす。

「ロミは今、なにやってんの？」

「バーテンダーやってる」

「マジで？　ロミらしいな！　夢だったもんな……あー、すっげえうれしいよ」

「遥人のおかげかな。自分のこと、バーテンダーって言ってくれたからさ、あの夏」

「ああ、そうだった」

にっこり笑うその顔はやっぱり、かつての遥人の面影と重なる。変わっていない。

どんな高みに行こうとも、遥人はその笑みと大きなてのひらで、この自分を掬いあげてしまう。

「そ、その花、スイートピーなんですけど……」

おずおずと、凪紗ちゃんが言う。

「花言葉、〝門出〟なんです」

「門出？　そっか、だからか。ロミ、ありがとう」

照れくさくて笑うことしかできない。メジャーデビューのことはここで知ったけれど、これからの遥人を応援してやりたかった。

「それ」

ショウが遥人の目をぐっと見つめる。

「もうひとつ、花言葉があるんです。〝デリケートな青春の喜び〟って」

遥人が目を見開いた。

「ロミさんの想いが託された、特別な花束だと思うんです」

「ちょっとショウ、あんまり出過ぎたことは……」

「いや」

自分は凪紗ちゃんを制した。

「その花言葉は知らなかったけど、そのとおりだよ。あのころ遥人に会えてよかった。ありがとう」

「オレも……あのころロミと出会えたから、今のオレがあると思ってる」

遥人は自分に手を差しだした。その手をがっしりとにぎる。

「男同士の握手だな」

自分が言うと、遥人は「ちがうよ」と否定した。

「そんな線引き、なんの意味もない。ロミはロミだよ」

「遥人……」

「今までもこれからもロミはロミなんだよ。そんでオレはオレ。お互い、我が道を生きてるんだ」

やわらかな言葉が熱く響いた。ああ、そうなんだ。自分は自分なんだ。

女子たちが自分の周りで、押しあいへしあいしている。男性ファンの「早く！」という声が聞こえる。スタッフは「物販にはちゃんと並んでくださーい！」と大声でがなり立てている。

けれど遥人は、そんなことは気にしていなかった。

「来てくれて、うれしいよ」

「天狗になってたらその鼻へし折ってやろうと思ってた。けど、ベースの音よかったから安心した」

つい強がりを言ってしまう自分も、昔から変わらない。自分が選んだのは遥人じゃなくて、自分自身だ。だから会えてうれしいなんて言ってやらない。そんな言葉、遥人なら聞き飽きているだろうし。

「オレを見つけてほしい人がいたから、ここまでのしあがってきた。でもさ、これはゴールなんかじゃないから」

まっすぐに自分へ向けられた眼差し。

遥人は今でも性別の垣根を超えて、自分を見てくれる。

「ロミ、お互いにがんばろうな」

「うん、がんばろう……それじゃ」

「それじゃーな」

　またな、とは言わなかった。この先もう会うことはないと、お互いにわかりきっているから。


「これからさ、リュンヌに飲みに行かない？」

　ライブ会場からの帰り道、ふたりに訊いてみた。五センチほど積もった雪はもうやんでいる。

「行きたいです！」

　凪紗ちゃんが拍手をすると、ショウは神妙な面持ちでこっちの顔をのぞきこむ。

「ロミさん、今夜はひとりになりたくない気分？」

「あー……そうだね、そんな感じ」

　ショウは鋭い。さっきだってもうひとつの花言葉をさらりと添えてくれた。だからこそ自分は素直になれた。伝えたかった感謝の気持ちをきちんと言えた。

「ふたりとも、ホント今夜はありがとう」

「いえ、私はなにも……」

「花言葉くらいしか、オレにはわかんないですけどね」

「感謝してるよ」

「あ、お月さま！」

ショウの弾んだ声に夜空を仰ぐと、雲の切れ間に月が現れた。膨らみかけた月は雪景色を輝かせる。もうすぐ満月だ。

やがてクリーム色の建物が見えてきた。魚屋や肉屋、雑貨屋やパン屋や酒屋、服屋にレコード屋に写真館の集まる、三日月通り商店街。そこにある三階建ての雑居ビル。

「どうして、リュンヌっていう名前なんですか？」

凪紗ちゃんに訊かれた。

「〝リュンヌ〟はね、フランス語で〝月〟って意味。ここ、三日月通り商店街だしさ。あと、秋良さんの奥さんの名前からっていうのもある。月子《つきこ》さんていうんだ」

「それでリュンヌ？　マスターの愛ですね～！」

楽しげな凪紗ちゃんにもっと教えてあげたくなる。

「あのビルは、秋良さんがお父さんから受け継いだものなんだよ。秋良さんはマスターであって、オーナーでもある。ビルの外壁のクリーム色も、月の色を連想してもらいたいからなんだって」

凪紗ちゃんが吐息だけで驚いているのがわかった。

「前に言ったみたいに、秋良さんの恩師の息子だったナルが、花屋とカフェバーを融合させた店をやりたいって提案してね」

「ナルはカフェだけじゃなくてお酒にもこだわりたかったんですよね」

しみじみとショウが言う。

「そうなんだよね。ナルが花屋のほかにバーにも興味があったおかげで、自分はあそこで働いてる」

そうこうするうちにリュンヌについた。ナルがまだ仕事をしているのが表のガラス越しに見える。

花屋カフェ・リュンヌのドアを開ければ、客はそこそこいた。

「マスター、客引きしてきたよ」

自分の後ろから顔をだした凪紗ちゃんとショウを見て、秋良さんがオープンキッチンから「いらっしゃい」と声をかけた。

今日も小花柄のシャツが似合っている。いったい何枚持っているんだか。リュンヌのスタッフは黒いシャツと決まっているはずなのに、秋良さんだけいつもちがう。

四人掛けのテーブル席に腰を下ろし、ふたりの飲み物の注文を訊く。

「なにかおすすめ、ありますか?」

凪紗ちゃんに訊かれ、逆に質問をぶつけてみる。

「最近、迷ってることとか願いごとってある？」

「あ……あります……髪を、ばっさり切ろうかどうしようかって」

「ショートに？」

訊き返すショウに、凪紗ちゃんが「うん！」、大きく頭をたてに振った。

「真冬にショートにしたら風邪引くよー？」

言ってやれば、ショウが口をはさむ。

「とにかく髪の毛、傷みきってますよね。もうずっと美容室行ってないんですよ」

「行ったらいいよ、トリートメントでもなんでもしてもらったら。美容師、紹介してあげるから」

「紹介してほしいです！　あ、あの……ロミさん見てたら、短いの、カッコいいなって」

「ありがと。髪短いとラクだよ……って紹介してあげたいのはさ、自分の今の彼女なんだ。美容師やってる。でも……」

「でも？　あ……ケンカしてるって、成宮さんに言ってましたね」

心配そうに凪紗ちゃんがこちらを見る。だからちゃんと言わないと。言ってラクになりたい。

「一年半つきあってて、半同棲状態でさ……このあいだ、七草粥の日も一緒に過ごした。お粥じゃなくて彼女の家に伝わる菜飯を一緒につくって一緒に食べた」

「あれだ、七草なずな～って歌いながら菜っ葉を刻むんでしょ？」

ショウの言うとおりだ。

「それ。一緒に歌って刻んだ。でも、その夜に大ゲンカ。ちゃんと男と結婚することが彼女の幸せだと思ってそう伝えたら、〝私の幸せは自分で決める、なんでロミはそんなに私の気持ちに自信がないの〟って、怒ってでていった」

「そうだったんですね……」

ライトの下で凪紗ちゃんの目が、うるうるしている。

「このまま彼女を好きでいていいのか迷ってて。でも、好きでいたい、ずっと一緒にいたいとも願ってて。そんなふうにさ、なにかを決めたいときとか願いごとがあるときに自分、儀式的に飲むことにしてるのがあるんだ」

首をかしげて不思議がる凪紗ちゃんに、にんまり笑ってみせる。

「あのカクテルを飲めばきっと、自分に魔法をかけられると思うから」

「魔法！　私もそれにしたいです」

「オレも！」

「オッケー」

立ちあがれば、ショウが声をあげた。

「ロミさんがつくってくれるんですか？　今日は仕事休みなのに？」

「いーんだよ。カクテルつくるの大好きなんだから」

早速バーカウンターの中に入って手を洗う。

まずはライムを切る。それをコリンズグラスに絞り、皮ごと入れる。砂糖を入れたグラスにミントの葉を入れ、つぶす。緑の葉が夜の目に鮮やかに映って心地いい。氷を入れ、ラムを注ぎ、炭酸水を加えてステア、ミントを飾って完成だ。夏らしいカクテルだけど、こういう夜は飲みたくなる。

三つのグラスをトレイに載せ、ふたりのもとへと運ぶ。

「お待たせ」

「ありがとうございます」

マスクをはずした凪紗ちゃんが言えば、ショウが頭を下げた。

「これはね、モヒート。じゃ、乾杯」

三人でグラスを合わせて、カクテルを味わう。

「わあ……ミ、ミントの、すうっとした感じが広がる……」

「うん、すっきりした甘さ」

「キューバ生まれのカクテルなんだ。由来はいろいろ言われてるけど、語源の〝mo

jo〟は魔法をかけるっていう意味があるとする説もあってね」

「魔法？」

ショウが訊き返す。

「うん。だからこのカクテルを飲むといつも、自分で自分に魔法をかけているつもりになるんだ」

ゆっくりと味わいながらモヒートを飲む。すがすがしいミントとラムの芳醇な香りがマッチして鼻腔をくすぐる。そうしてこちらの迷いまで、モヒートはくすぐる。グラスの中の緑色のミントを見つめていると、無性に彼女に会いたくなってきた。彼女に、芹奈にモヒートを飲ませてあげたいという強い想いが芽生えている。別れるのではなく、もう一度やり直したい。芹奈を守ってやれるくらい強くなりたい。

そんなことを思いながら味わう。願いが叶うことを祈りつつ。

「はい、これモヒートに合うよ。じゃがチーズガレット、サービスね」

マスターの秋良さんが料理の盛られた皿をテーブルに置いてくれた。こんがり焼けた千切りのじゃがいもが食欲をそそる香りを放っている。

「秋良さん！　いいんですか？」

「ショウはいつもがんばってくれてるから、たまにはね。熱いうちがうまいよ」

「ありがとうございまーす！」

「やった、いただきます！」

「いただきます……」

取り分けたガレットを頬張る。千切りしたじゃがいもの食感と熱々チーズの相性は抜群だ。

「うまいっすね、これ。まだつくらせてもらったことないです」

がっついたショウがうなっている。

「秋良さんのじゃがいものガレットは、この店でいちばん人気だよね」

「ですよねえ。じゃがいもとチーズって最強の組み合わせみたいですね。それに、モヒートによく合うみたいだし」

「みたいって、なんだそれ」

「あ、いや、あの……」

「ショウは、ほ、ほら、世間一般的に、合うんじゃないかなあって……」

なぜか凪紗ちゃんが、あわてている。

「そうそれ、凪紗の言うとおり。あらためてモヒート、いただきます！」

おかしなことを言ったショウが、カクテルを飲んで満足そうに笑ってみせた。

「ロミさん、このガレットって塩の量で味が左右されますよね。チーズの塩気と合わせて、いい塩梅をさがさなきゃならないですよね」

味わいながらもショウの舌はつくりかたを詮索している。彼の味覚の繊細さはまるで蝶の前脚のようだと、秋良さんが評していた。アゲハ蝶の仲間はその繊細な脚で葉を叩き、卵を産むべく、ミカン科あるいはセリ科などの成分があるか味見をするのだそうだ。

「塩梅、かあ……」

凪紗ちゃんが、ガレットをふうふうしながらつぶやいた。

「いい塩梅っていうけど、それが難しいんだよね」

秋良さんの受け売りだけど言ってみた。ショウが自分を見る。

「人と人との結びつきも、ほんっとそうですよね。近すぎると壊れるし、離れすぎると見えなくなるし。さじ加減が難しいときがある」

ショウの言うとおりだ。だけどその難しさも受け入れたい。芹奈への想いを、もうごまかしたりしない。

「あーあ。なにやってんだろ、自分。こんな寒い日に、恋人を失くすかどうかの瀬際にいるなんて」

「まだ別れるって決まったわけじゃないし。それに今日って、大寒だし」

ショウがモヒートのグラスを揺らしながら言う。

「一年でいちばん冷える寒さの底。だから気が滅入るけど、これから先は春が近づいていくっていうころなんですよね。これ以上の底はないから」

ショウのその言葉からエールのようなものを感じた。

「モヒートの魔法、効きますよ、きっと」

ショウは笑った。凪紗ちゃんもやわらかい笑みを浮かべてくれている。

そんなふうに三人で飲みはじめて、どれくらい経っただろう。

「こんばんは」

すぐかたわらで、聞きなれた声がした。

「成宮さん！」

大きな声で口走った凪紗ちゃんがあわてて口もとを両手で押さえて、「おつかれさまです」とつけたす。

「さっきはどうも。三人の姿がウンベラータの向こうに見えたから」

夜も十一時を過ぎ、花屋は閉店していた。

「ここ、どうぞ」

四人がけのテーブル席の自分の隣を勧める。

「お邪魔します。ライブ、どうだった？」

席についたナルが訊く。

「知らない曲ばっかなのに、めちゃくちゃカッコよかったんです。ね？」

ショウに同意を求められて、凪紗ちゃんがうなずく。

「はい、素敵でした、とっても。それに花束、喜んでたし……ね？」

今度は凪紗ちゃんが自分に同意を求める。

「そうなんだよ。ナル、ありがとう」

「なら、よかった」

「スイートピーの花言葉、もうひとつあったんだ。ショウが教えてくれた。あの花にして、ホントよかった」

ナルに言えば、「え？」という顔をするけれど、秘密だ。

「ナルはいつも仕事帰りに飲む、ギムレットでいい？」

聞きたそうなナルにそう訊けば、こう返された。

「ギムレットが、いい。ロミさんのつくるギムレットが」

「リョーカイです！」

バーカウンターの中へと入る。

明日にでも、芹奈に会いにいこう。話がしたい。ずっと一緒に生きていきたいって打ち明けよう。

その前に、今夜はあと一杯飲みたい。スネーク・ネックを。これもある意味、弔いの儀式だ。あのころを永遠に閉じこめるための。

バーテンダーになって数年。こんなふうに自分はカクテルと共に生きていく。さまざまなカクテルが、そのときの心を癒やし、背中を押してくれる。怖れずに、前へ進もうと思った。強くありたい。心からそう願う。

遥人のベースの音が、まだ耳に残っている。

4

餡入りふっくら蒸しパン

——赤いバラの追憶

満員電車から吐きだされ、会社までの道を歩く。いつものオフィス街なのに今日はなんとなく足取りが軽い。

切り立ての私の髪が耳の下で揺れるのも、うなじがすうすうするのも新鮮だからだ。二月も半ばになって、ここ最近は寒さが真冬のころとはちがってきた。突き放したような厳しく痛いくらいの寒さが、そっと包みこむようなものに変わった。

そしてこの少しの湿度もまた、しっとりと頰をくるんでくれる。

風は冷たくても晴れていれば陽射しは強く、陽が暮れるのが少しずつ遅くなってきた。

といっても今日は太陽が恋しい。朝から雨が降っているから。

「この雨は季節を変える雨。春が近いよ。二十四節気でいう雨水も近いからね」

出がけにショウはそう言って、私を送りだしてくれた。

ショウと暮らすようになったことで日々、かなり癒やされている。泣くときも笑うときもショウがいてくれる。

それはまるで辛いことを半分ショウが持ってくれて辛さが半分になったり、楽しいことをシェアできて楽しさが二倍になったりするみたいだ。だから仕事で嫌なことがあっても前よりずっと平気でいられる。

会社についてデスクの足もとに鞄を置いた。まだ早い時間なので、まずはリフレッシュエリアと呼ばれているコーヒーマシンのほうへと向かう。

　ＡＩがどんどん進化している今、私の担当する事務処理がその技術に奪われるのはそう遠くない未来だろう。だったらどうするべきか。あの店で出会った成宮さんやロミさんを見るうちに、仕事に対する姿勢を考えるようになっていた。

「あ、おはようございます！」

　コーヒーマシンの前にいた先客に気づき、あいさつをする。ふたりの男女だ。

　隣の課のアラフォー男性課長は私を見てぎょっとし、私の三つ上の女性社員は「おはよう佐々木さん早いね！」と動揺して早口になっている。

　課長の手には高級チョコレート店の紙袋。

「あ、えっと……すみません、お邪魔しました！」

　あわててデスクに戻る。そうか、今日は世の中バレンタインデー。社内で義理チョコをあげる習慣はないから、あれは本命かもしれない。

　バツイチ課長に独身社員がアタックしてもなんの問題もない。とはいえ渡す場所は選んでほしい。こっちが恥ずかしい。コーヒーを淹れそびれたことを後悔しつつ、ふたりに幸あれと願う。

〝バレンタインデーには花を贈ろう。フラワーバレンタイン〟

　そんなポスターが成宮さんのお店に貼られていたことを思いだした。

たとえば私がその贈り物のお手伝いを……お花屋さんになってみるとか……まさか。


「何個もらったの、チョコ」

「んー、お客さんから六個」

やっぱりショウはお店で人気があるんだ。さすが、わんこ系イケメンだけある。

雨降りの土曜日、私たちは住宅街の路地裏を歩いていた。

「それで凪紗は誰にもチョコあげなかったの？」

「あげてない。だけどつくりたくなって。チョコじゃなくて蒸しパンを」

まだショウが眠っているうちに蒸しパンをつくった。夕べ、なんだか急に食べたくなったからだ。無心でなにかに没頭してスッキリしたくもあった。

ベーキングパウダーは昨日のうちに買っておいた。中に入れた餡子は、年末に実家に帰ったとき母親に持たされて冷凍しておいたものだ。

べつにショウに手づくりの食べ物をふるまいたいわけじゃない。事実、私は未だにショウへごはんをつくってあげたことがない。

もっともショウの仕事は賄いつきだし、私の休みの日にはショウは仕事だし、ごはんの時間が合わないことがほとんどという現実的な理由もある。

そもそもショウの主食は花の香りだし。

雅輝さんとの仲が自然消滅してから私はずっと食欲がなかった。それがショウと出会ってからは、味わって食べられるようになった。ショウはただの、わんこ系男子じゃない。元気をくれる、ナギの使いだ。

「その蒸しパン、素朴でおいしかったよ。餡の量と甘さが絶妙！　ナルの口にも合うと思う」

「ありがとね。だったらいいな」

私たちはフラワーショップ・ペタルに向かっている。花屋カフェでアルバイトがあるショウが、その前に駅ビルで服も見たいというから早めにでてきた。

「うーん、春の兆し！」

立ち止まったショウが、くんくんと香りを嗅いでいる。

見知らぬお宅の門塀の上からは、満開の梅が顔をだしていた。私たちの頭上へと枝が伸びている。雨の雫をたたえ、凜と美しく咲き誇る白い梅。

私も不織布のマスクから鼻だけだして、背伸びをしながらすっと息を吸いこんだ。青いようでいてほんのり控えめな甘い香りは、待ち焦がれた春の訪れを予感させる。

「オレ、梅の花の匂いって大好き。最高のエネルギー源だなあ」

満足げなショウの言葉に、ふと疑問を抱く。

「ショウってさ、今朝は蒸しパンを食べた上に、この香りも飲んで、もうエネルギーチャージできたんだよね？」

「まあね。オレの主食は花の匂いだから、うまいものつくってくれる人には申し訳ない。そこんとこ、いつもせつなくてね」

そこにショウの抱える闇があるんだろう。明るく見せていて深いところでは寂しさを抱えているのがショウなんだ。そうであるからこそ、誰かの痛みに寄りそったり私に笑うことを教えてくれたりする。その闇をショウはひとりで抱えたまま。

「ちょっと、そんな深刻な顔すんなってば」

ショウが身をかがめて、私と視線を合わせる。

「あ、えっと、あの。春には花が咲きだすんだし、あちこちで飲めるでしょ？　わざわざ成宮さんのお花屋さんに行かなくてもいいってことだよね？」

「だってオレ、ナルの店が好きだから」

無邪気な笑みを見せたショウと、ふたたび歩きだす。

そういえば花屋カフェ・リュンヌで成宮さんからもらったあの知恵の輪は、迷ったすえに雅輝さんにまだ送っていない。送ってしまえば、もうそれでほんとうに雅輝さんと切れてしまうことがわかっているから。断ち切りたいのに、そうはできない自分がいる。

どこまで元カレを引きずっているんだか、ほとほと嫌になる。嫌になるけれど昔の恋を手放せないのが自分である以上、それを受け入れるしかない。

だって私の世界には雅輝さんしかいなかった。雅輝さんという太陽を中心に、ただ世界は回っていた。その太陽を失くしてから私の足はすくんだまま。ことあるごとに後ろを振り返ってしまう。

そんな状態で新しい恋に手を伸ばすなんてしてはいけない。相手に対してとても失礼なことだ。そんな誰かがいるわけでもないけれど、とにかくきっちり、気持ちにピリオドを打たなければならない。

道をはさんでパン屋さんの先隣、秋良さんの言うところの月の色の雑居ビルの一階。そこがペタルだ。

お店の前の大きな鉢には、シンボルツリーのオリーブの木が一本ある。そのそばの別の鉢では、ミモザが咲いていた。ぽんぽんとした黄色い小花は房状に咲き満ち、春を先取りしたうれしさで、おしゃべりに夢中になっているようなイメージが湧く。

「ミモザにロウバイ、タンポポに菜の花、マンサク、レンギョウ……春には黄色い花が多いよね」

ミモザの香りを楽しみながらショウが言う。

「虫って黄色を好むみたい。春先に動きだす虫はまだ少ないから、我先にと受粉を手伝ってもらえるように、今ごろの花は黄色が多いって聞いたことがあるよ」

「そうなんだね。さすがショウ、物知り！」

満足そうな顔つきのショウが「お邪魔しまーす」と、お花屋さんのドアを開ける。

私も後ろから続いて入り、「こんにちは」と声をかけた。

「ずいぶん潔く切ったね！」

成宮さんの驚きの声。私の髪を見ている。先週、私は美容室に行った。切ってから成宮さんに会うのはこれがはじめてだった。

「短い髪もいいですね。素敵ですよ、凪紗さん！」

「あ……ありがとうございます……」

成宮さんは、今日はグレーのハンチングをかぶっていて、よく似合っている。黒縁メガネと相まってまさに大人の男性という印象を受ける。なぜだか見とれてしまう。

「芹奈さんに切ってもらったんだよね」

ショウの声にはっとした。

「あ、はい！」

胸の奥はまるでハムスターでも走り回っているようだ。落ち着こうと髪をさわって、短い自分の髪にあらためて驚く。

　腰のあたりまであった私の髪は耳の下でばっさり切り、ヘアドネーションをした。カラーリングもトリートメントもした。

「芹奈さん……ああ、ロミさんの彼女さん？」

「そう、その人！　ロミさんに紹介してもらったって」

　私の代わりにショウが返した。

　ロミさんはこのあいだリュンヌに行ったときに教えてくれた。ほどけそうになっていた芹奈さんとの糸を結びなおせたと、ショウみたいなことをうれしそうに。

「な、なんか、ふんわりした方でした。だけど、てきぱきしてて、しっかりしてて」

　恋人同士のロミさんと芹奈さん。

　そして、もう会うことはないかもしれないけれど、固い友情でふたたび結ばれたロミさんとSNAKE　NECKの遥人さん。

　ショウはその力でふたつの糸を結びなおしたんだろう。使命は休業中といってもやっぱりじっとしてはいられないんだ。

「今度僕もお願いしようかな、ロミさんの彼女さんに」

「ナルも行ったらいいよ」

「だね」、うなずいた成宮さんがショウに向く。

「そうだショウくん、バイトどう？」

「いろんな人来るけど、オレ、人間観察が好きだから楽しいです。料理つくるのも楽しくて。あの夜、ナルに紹介してもらえて感謝してる。ありがとうございました」

かいがいしくもぺこりと頭を下げた。

「僕はただショウくんにリュンヌが合うような気がしたから。ショウくんは花が好きだから僕の店でどうぞって言いたかったんだけど。あいにくバイトは足りてるからね」

苦く笑った成宮さんは、

「って言っても今日は早番のバイトの子、急にお休みしちゃったんだ。忙しい時季じゃないからいいんだけど」

つけたすように言った。

「でも、おひとりじゃ大変そう……」

私の言葉にこちらを見る。

「いえ、慣れてますから。そうそう、凪紗さんもショウくんみたいに花、好きだよね？」

「え……あ……は、はい……」

「なになに、その間」

成宮さんがぽかんとしている。

「えっと……私、好きだったんです、お花。だ、だけど、元カレがガーデナーの仕事をしてて……植物を見ると、元カレを思いだしちゃうから、私……逃げてたんです」

「花から逃げてた？　もしかして花を嫌いになろうとしていたの？」

「すみません、そんな感じです。でも、クリスマスのころに、こちらに思いきって来てみて、また好きになれたんです」

「あのときポインセチアを買ってくれたよね」

「は、はい！　ショウが気に入りました」

はじめての出会いを覚えてくれていたことがうれしい。ニヤつきたいのをがまんして成宮さんを見ると、ハンチングをかぶり直した。

「そっか、あれって一緒に住んでるショウくんへのクリスマスプレゼントだったんだね」

小さなつぶやきが聞こえた。

「あ、あの、でも私たち、つきあってるとかじゃなくて……ル、ルームシェアって異性同士でもありますよね？」

変に誤解されたくない。それが成宮さんであっても、誰であっても。

「うん、そうですよね。ルームシェアは最近ではめずらしくないし。でもさ、ちょっと妬けるね、ショウくん」
ショウの背中を成宮さんがぽんと叩いた。
「えー、オレ人畜無害ですからー」
笑ったショウに成宮さんも笑みを返す。成宮さんの反応はただのお愛想。お客への
サービス精神の現れ、というかほんの冗談だ。
私は唇をきゅっと結んでから声をかけてみる。
「それで、あの……花を克服したくて。こちらで成宮さん、フラワーアレンジメント
教室、やってらっしゃいますよね？　た、体験してみたいんです。教室があるの、い
つですか？」
「花の克服って、これもお弔いの儀式なんでしょ？」
成宮さんはやさしげな眼差しをしていた。恥ずかしくなって無言でこくりとする。
「うれしいです。凪紗さんが一歩踏みだそうとしているのも、僕がお役に立てるのも
……あ、ヤバい、僕泣きそう」
成宮さんの微笑みに、暗い影が差したように見えた。
「僕も凪紗さんと似てるんです。花を嫌いになりかけたことがあって。花から遠くに
いたくなったんです」
成宮さんにもそんなころがあったなんて。

「なにかあったんですか？」

訊くと、彼は話してくれた。

「僕ね、はじめは都内の花屋に勤めていたんです。仕事に慣れるのも大変なのに、ひどいパワハラ上司がいて。我慢していたんだけど、ストレスを溜めすぎて電車に乗れなくなった。うつを発症してね、休職したんだ」

「それで花を……？」

マスクの内側で小さく発した私に、彼はうなずいた。

「そういうこと。花屋に行かなければ辛いことから逃れられる。だったら花なんて、なくなればいいって」

いつものやわらかな人柄の下に、そんな苦い経験があったなんて。

「あのころ弱ってたなあ。でもね、その上司はもうひとつの店舗に異動になって、おかげで僕は復職できたんだよね。異動先の人たちはかわいそうだったけど」

「……花が好きな人に、悪い人はいないって思いたいのに……」

心から言うと、成宮さんは「そうだよね」と微笑んでくれた。

「振り返ってみると、そういうかつての分かれ道の先に今の僕があって、この店がある。凪紗さんも今、分かれ道にいるんだろうって思う。どこにたどり着くのかはわからないけど、歩き続ければ必ずどこかに通じるよ」

成宮さんの言葉がすとんと私の中に落ちてきた。やさしいだけじゃない。ちゃんと芯のある大人だ、成宮さんは。

「レッスン、これからってのはどうかな。時間ある？」

「い、いいんですか？　今日は仕事休みだし、ちょ、ちょうど空いてるんです」

「よかった。途中でお客さんが来たら、そのときはちょっと抜けるけど。ショウくんも一緒にどう？　お代はひとりぶんでいいですよ」

「ねえ、ショウ、バイトまで時間あるよね？　服見るのは別の日でいいよね？　ふたりで習ったほうが楽しいよ」

「あー、もー、わかった！　凪紗が言うんならやってみるよ」

それから私とショウは店の奥の作業場へと案内された。お隣の花屋カフェ・リュヌとは壁で仕切られていて向こうは見えない。テーブルを前に木のスツールに並んで座る。

ラウンドのアレンジをつくるという教室だった。ドーム状で、テーブルの真ん中に置いたとき四方どこからでもキレイに見られるものだ。

緑色の吸水性スポンジをカットしたものを、成宮さんが陶器に入れてくれた。私の隣に、横並びに座って教えてくれる。うわ、近い……近いからドキドキする。成宮さんだからというより、誰かとこんなに至近距離にいるということに。だけど、なんだろう。どこか安心感のようなものもある。

「花材はカーネーション、ガーベラ、トルコキキョウ。それからこの白いスイートピーに葉もの。まずは中心に、高さの基準になる花を挿します。そして中心を拠点に十文字に、前後左右に同じ長さに花を挿して……」

成宮さんが説明をしながらてきぱきとフローリストナイフで花をカットしては、慣れた手つきで生けていく。

「最初に挿した五本の花で、全体の大きさが決まるんです。この五本をなだらかな曲線でつなげた中に花を入れていくと、ラウンドになります」

やがて、ひとつの作品を仕上げてしまった。

「っていうのが基本のやり方だけど。そうだね、中華屋さんのチャーハンをイメージして丸くなるように花を挿してみて」

思わずくすっと笑ってしまう。

成宮さんがはにかむ。ショウは「チャーハンならわかりやすい！」と乗り気だ。

私は大きなピンク色のカーネーション、ショウはオレンジ色のガーベラを真ん中の高さの花に選んだ。

「切り口が斜めになるように切ってください。断面が大きいほうが水をよく吸えるし、スポンジの止まりがよくなるから」

成宮さんのアドバイスを受けつつ、慣れないナイフではなくハサミで切った。緑色のスポンジの中央に挿す。はじめてだし、ヘンになったらどうしよう、緊張する。

「全体的にこんもりするように、僕がつくったものを参考に自由にお花を生けてみて。どれも花の茎は、スポンジの中心の一点めがけて挿さるようにね」

自由に、それは初心者にとってかなりハードルが高い。私たちは花を切りすぎたとか、位置が決まらずに何度も挿しすぎてスポンジが穴だらけになったとか、騒ぎながら格闘した。

途中、成宮さんはお客さんが来るたびに席をはずした。そんなときには早く戻ってきて教えてほしいなんて、まるで神頼みのように願った。

来店するのは女性客ばかりで、楽しげに成宮さんと話している。気にならないわけではないけれど、それでも今はじょうずに生けたいという気持ちが勝っていた。

「花にはね、人の顔と同じように向きがあります」

戻ってきた成宮さんが教えてくれる。

「凪紗さんのこのカーネーション。ちょっとうつむいて見えますよね？」

中央に挿したピンク色のカーネーションを、私はじっと見つめた。

「こうして向きを変えてあげると……ほらね、こっちのが生き生きして見えていい」

「あ、たしかに！」

直してくれた向きだと、カーネーションと目が合うような感じがする。

「ショウくんのは……うん、いいね。花の顔の向き、どれもちゃんとしてるね」

ショックだった。ショウに劣っていることが。

「しっかしこのスイートピー、いい匂い」

白いスイートピーに顔を近寄せ、ショウが香りをくんくんしている。

私も嗅いでみれば、その甘い匂いに心の昂ぶりをなだめられる。ロミさんとスイートピーの花束を持って、ライブに行ったことが思いだされた。

成宮さんに見守られながら、黙々と花と格闘したあげく、アレンジメントはできあがった。できあがったというよりも、花を挿すだけ挿して余りがなくなって、もうこれ以上どこをどうしていいかわからなくなってしまった。

「まずは凪紗さんの作品を見てみましょう」

私のそばに成宮さんが立つ。これは作品なんだ。世界にひとつしかない、私の作品。

「とってもかわいいです。花の顔の向きもつかめましたね。全体的にこんもり丸くできてます。だけど……ほら」

指を指されたところは、花と花の間隔が空いて緑のスポンジが見えていた。

「ここころか、ここも。スポンジを葉ものでカバーすると、もっとよくなる」

横に立っていた成宮さんと席を交代した。

椅子に座った成宮さんが真面目な顔つきで葉っぱを新たに挿したり、私が生けた花の位置を変えたりしてくれる。作品はよりかわいらしく、まとまったものになった。

「すごい！　成宮さんの手って、魔法の手みたい」

ふつうの人にはできないことを、簡単にやってのけてしまう魔法使い。

「魔法ですか？　うれしいな。でも、長いことやってるだけです……さあ、凪紗さんのはできた。どう？」

「やっぱり直していただくと、全然ちがいます」

「よくできたよ、おつかれさま。じゃあ、ショウくんの見せて」

「はーい、お願いしまーす」

ショウと席を交代した成宮さんがじっくりと作品を見る。

「中心に置いた花が凪紗さんとはちがうから、花材は同じでも見事に作品のイメージがちがいますね。うん、とってもよくできてると思う。花の顔の向きもいいし、ラウンドスタイルもちゃんと取れてる」

「オレのチャーハン、いい感じ？」

「いいと思うよ」

お世辞ではないだろう。こっちの嫉妬心など萎えてしまうくらいショウにはセンスがある。

「欲を言えば、もう少しカーネーションのつぼみを使ってあげてもよかったかな。ほら、この咲きかけの。使わないで捨てられるのはかわいそう」

ショウの前のテーブルには、色づいたつぼみのままのカーネーションばかり残っていた。

「でも、このままでもいいですね。うん、おつかれさま」

「ありがとう、ナル」

「ありがとうございました」

私の言葉に成宮さんがこちらを見た。

「どうでしたか？　楽しめた？」

「はい、楽しかったです！　前よりずっと、花に近くなれたみたいで……脳の、ふだん使っていない部分を、ものすごく使った気がします！」

「あー、オレもそう！　脳みそがなんか活性化してる感じ」

「よかった。ふたりともはじめてなのに、よくできてる。やっぱり花を好きな人がいじるとちがうのかもしれないね」

黒縁メガネの奥の目があたたかく微笑んでいた。この人も花から遠ざかろうとしていた人なんだ。私とおんなじだったんだ。

喉の奥がじんと熱くなる。だから目をそらした。これはただの親近感だ。いっときの淡い幻なんかに惑わされたくはない。

「コーヒー淹れるよ。片づけたら座って待ってて」

「あ！　これ……これ、よかったら召しあがってください。今朝つくってみたんです」

蒸しパンの紙袋を成宮さんに差しだす。渡すタイミングがわからなくて今ごろになってしまった。

「凪紗さんの手づくりなの？」

「あ、はい」

「ありがとう。うれしいな……わ、蒸しパン？」

「そ、そうです。地味なお菓子ですみません」

袋の中を確認した成宮さんに頭を下げる。ああ、もっとこうキラキラしたお菓子を、たとえば遅れたバレンタインチョコとかをつくればよかった。どこかに隠れてしまいたい。

だけど予想に反し、成宮さんはもう一度、「ありがとう」と言ってくれた。

「何十年ぶりだろう、蒸しパン。僕、大好きなんだ……」

にこやかな成宮さんだけれど、どこか寂しげに感じる。涙ぐんでいるようにも見える。

「ナル、なんかあった？」

「え？　……ああ……寒くない？　コーヒー淹れてくるね」

事務室へ行った彼を待つあいだ、ショウとふたりで作業テーブルの上の、切り落とした茎やら葉っぱやらを片づけた。ショウは残したカーネーションのつぼみをまとめて、作業場にあった小瓶に入れている。

それからお店の中を見て回る。

花を観賞していると心が明るく動きだす。その色、その香り。触れればたおやかな感触。目に鮮やかで五感を柔らかく刺激してくれる。花を見て雅輝さんを思いだす前に、これからははじめてアレンジメントをつくった今日のことを思いだしたい。

「これ、かわいいでしょ？　ミニバラの鉢植え、昨日入ったんだ。もちろん冴子《さえこ》さんが仕入れてくれたんです」

三つのマグカップの載ったトレイを置いて成宮さんが見せてくれたのは、小さな白いバラの鉢だった。可憐な花がふくらみかけ、つぼみがいくつもついている。

「冴子さんて？」

「凪紗は会ったことないか。この花屋の仕入れと経理担当の人。かわいいよ～」

教えてくれたショウのあとを成宮さんが受ける。

「前に話した秋良さんの幼なじみ。花が大好きなんですよ。でも本人曰く、不器用すぎて花をデザインできなくて。それでも花に関わりたいって、秋良さんに紹介されたんです」

ときどき敬語になる成宮さんが教えてくれる。

「僕が仕入れに行くとしたら朝が早いから、店の遅番は無理でしょ。だから感謝してる」

「そうなんですね」

お店の裏情報を知ってなぜかうれしくなっていると、ショウがミニバラの前にしゃがみこんだ。こっそり香りを飲んでいるらしい。

「ちなみに、白いバラの花言葉は〝純潔〟とか〝尊敬〟。黄色いバラは〝嫉妬〟に〝愛情の薄らぎ〟だよね」

ショウの声を聞きながら、その花言葉を覚える。

「それじゃあ」

成宮さんがキーパーのガラス戸を開けた。銀の丸い筒にいくつも入った、切り花の真っ赤なバラたちに触れる。とても豪華だ。

「じゃあ、こういう赤バラの花言葉は?」

「えっと……愛情、情熱。それから熱烈な恋。まとめていえば〝愛〟!」

顔を上げてショウがこたえる。

「そうなんだよね……」

成宮さんは赤いバラを見つめたまま、無言になった。

「あの、どうかしたんですか？」

問いかけてみた。好きな人がいるとか？　失恋したとか？

「赤バラにまつわる話をしたいんだ。昔々の、だけど現在に続く話。そして蒸しパンにもつながる話」

「聞きましょう！」

にこにこ顔でうなずく無邪気なショウのセーターの裾を、私は引っ張った。

「ね、成宮さんはお仕事中なんだから」

「平気ですよ。またお客さんが来たら話は中断しちゃうけど。ふたりがよかったら聞いてほしい」

「じゃ、遠慮なく」

ショウが遠慮のみじんもなく宣言すると、成宮さんは笑ってうなずいた。

「その昔、栄治郎《えいじろう》さんという青年がいたんだ。大正のはじめの生まれで、父親は植木職人。植物好きに育って接ぎ木の仕方を学んで……」

再びの作業場で、成宮さんが私たちの正面に座った。私はマグカップで指先をあたためながら、語りに耳を傾ける。栄治郎さんの姿を思い浮かべてみる。

「昭和十年ごろに園芸農家で働きはじめて、修行を積んだ。そこでバラの魅力にとりつかれたらしい」

「バラってそんな昔から、日本で知られていたんですか？」

「オレ、聞いたことがあるよ。古くは『万葉集』に登場するし、江戸時代より前から栽培されてたんでしょ？」

「さすがショウくん、そうらしいね。明治維新の後からは輸入ものが入ってきて、文明開化とともに愛好されるようになったみたい。大正時代のはじめには北原白秋がこんな詩を残してる。祖母がよく口ずさんでいたんだけど」

薔薇ノ木ニ
薔薇ノ花サク。
ナニゴトノ不思議ナケレド。

成宮さんの声で語られるその詩ははじめて聞くものだった。詩に登場するくらい、バラは知名度があったということだろうか。

「栄治郎さんは二十三歳のとき、父親と東京にバラ専門の園芸場を開いた。そのころ妻となる久子《ひさこ》さんとの出会いがあった。栄治郎さんの園芸場の温室を設計した人の娘さんだった。久子さんもまた植物好きの女性で、栄治郎さんとは大恋愛の末に結婚したんだ」

成宮さんによると、バラづくりはそれはそれは困難な道のりだったらしい。

高価な苗木を買い集めるのに苦労しても、栽培は失敗の連続だった。

「栄治郎さんにはバラをもっともっと一般家庭にまで広めるっていう夢があったし、久子さんにはそれを支える強い意志があった。だからどんなに育種が失敗続きでも、栽培が軌道に乗らなくて生活が困窮しても耐えられた。ある日、真っ赤なバラがはじめて花をつけたとき、栄治郎さんは久子さんに花言葉を教えた」

「愛、って？」、すかさずショウがつぶやいた。

「そんなふうに言ったらしい。なんにもあげられるものはないけれど、このバラはきみのために咲かせた、僕の想いだって」

「わ、ロマンチック！」

声をあげてしまった。

「でしょ？　久子さんは泣いて喜んだ。赤いバラはふたりにとっての愛の証しだった。やがて、ひとり息子の治《おさむ》が生まれた。栄治郎さんと久子さんはバラづくりの中で、愛に満ちた幸せな生活を送っていた。だけど皮肉なことに日本は戦争への道を突き進んで、第二次世界大戦がはじまった。栄治郎さんは召集されて戦地へ征った。それも南の国の激戦地帯でね……」

そこまで話すと、成宮さんはコーヒーをすすった。

私の中で、栄治郎さんが生身の人間としてそのイメージが浮かびはじめていた。

どうかこの話の続きで、栄治郎さんが無事に戦争から帰ってこられますように。祈るように成宮さんが語りはじめるのを待つ。

「栄治郎さんはマラリアに感染して、その地で亡くなった。遺骨さえ戻ってこなかった」

あまりに残酷な結末だ。

「栄治郎さんっていうのは、ナルのおじいちゃんでしょ？」

唐突に切りだしたショウを向いて、成宮さんは口を開いた。

「そうだよ。そして久子さんは僕のおばあちゃん。治という息子が僕の父親」

「……戦争なんかなかったら……」

思わず声をもらすと、成宮さんは私に「うん」と返した。

「戦争なんかなかったら、僕のおじいちゃんが死ぬことはなかった。たくさんの命が失われることもなかった」

テレビでしか見たことのないあの戦争は、確実にこの世のものだった。

日本だって沖縄戦、各地の空襲、そして原爆。そうだ、バラ園は東京にあったと言っていた。

――東京大空襲。

その言葉が頭に浮かんだ。雅輝さんと見た、あのテレビ番組を思いだす。

「東京に残った久子さんたち、空襲の被害は？」

私の声はマスクの中で少し震えた。

「久子さんはバラ園のこともあって、赤ちゃんの治と東京にいた。といっても温室は軍の命令でとっくに取り壊して、食べ物の確保が重要な時代だから、バラ園だって野菜畑になっていたらしい。それでも久子さんはね、赤いバラだけは憲兵に隠れてこっそり鉢で育てていたんだって。いよいよ危険が迫って疎開しようとしていた矢先に、三月十日の東京大空襲が起こった。久子さんは治と、命からがら逃げ延びた。でもね、一緒に逃げた義理の両親は焼夷弾の犠牲になってしまった。久子さんの実の両親だって、消火活動にあたって逃げ遅れて……」

その光景が目に見えるようだった。過去に見た映画やドラマの映像かもしれないけれど、空襲に逃げ惑う人々や燃えさかる家々が、現実感をもって私の脳裏に浮かんでくる。

「赤いバラは？」

問いかけたショウに、成宮さんがため息まじりに言う。

「無事だった。久子さんは治を抱いて、赤いバラの小さな鉢をひとつだけ持って戦火を逃れた。だけどバラ園も自宅も炎が焼きつくした」

栄治郎さんとの思い出の場所を炎が……。

「八月十五日に終戦を迎えて、久子さんは栄治郎さんの帰りを待った。やがて、戦死が伝えられた。残ったのは栄治郎さんの忘れ形見の治と、一本の赤いバラ。ほかにはなんにもなくなってしまった。なんにもね」

久子さんがどんなに心細かったか、不安だったか、辛かったか。

それは私なんかの想像を超えるものだ。

「そのあと久子さんは？」

ショウが訊く。

「栄治郎さんとの思い出の残る赤いバラを大切に育てた。終戦から三年ほど経って再婚したんだ。夫となった和真《かずま》さんは、シベリア抑留者でね」

「それって……戦後にシベリアに残されて、強制労働に当たったたっていう？」

浅い知識にすぎないから確認するように訊いてみる。

成宮さんは頭をたてに振った。

「うん。向こうで和真さんは生き延びることに必死だった。極寒の中、辛い重労働にも飢えにも耐えて……それは和真さんの心を、深く蝕んだ。シベリアで耐え忍んだ反動がきたんだろうね。やがて精神的に不安定になって、久子さんと衝突する日々を送った」

生きて帰ってこられても幸せには暮らせなかったんだ。

「和真さんは毎日、シベリアでいろんなことと闘って、戦後もそれは続いて……ずっとずっと、闘っていたんですね……」

言葉を選びながら言うと、成宮さんが暗い瞳で私を見た。

「哀しいことに、そうだろうね。そしてまた久子さんにとっても戦争はずっと続いていた」

戦争は久子さんにとっても終わらなかった……？

「せめてもの心の拠り所はひとり息子の治と、戦火を一緒にくぐり抜けたあのバラだった。だけどね、バラは和真さんに切られてしまった。和真さんにしてみれば前の夫との思い出なんて赦せなかったんだろう。自分の向こうに栄治郎さんの姿を見る、久子さんのことも」

「みんな戦争の被害者なんだよ」

ショウの言葉に同感だ。和真さんをそこまでさせたのは、戦争だ。戦争は人の身も心も蝕んでしまう。

　成宮さんが続ける。

「やがて、和真さんは工事現場での仕事中の事故が原因で、亡くなったんだ」

　思わず息を呑んだ。和真さんが元気になれていたらと、心から願っていた自分に気づく。

「それから久子さんは女手ひとつで必死に治を育てあげた。花どころじゃなかった。久子さんが――僕の祖母が花好きだったことも、バラ園のことも、ほんとうの祖父のことも、僕はちっとも知らなかったよ」

「知らなかったんですか？」

　訊けば、成宮さんは「そうなんですよ」とつぶやき、コーヒーをひと口飲んだ。

「僕の父は大人になってから聞いたらしい。僕は去年の夏にはじめて聞いたんだ。祖母が倒れたからお見舞いに行ったら、祖母が、久子おばあちゃんがね、こう言うんだ。赤いバラがいちばん好きな花だって。どうしてか訊いたら、今僕が話したことを教えてくれた。ずっと愛している人との思い出の花なのって、しわくちゃの頬を赤らめてね」

「久子さんは、おばあさんはお元気なんですか？」

　ご存命ならかなりのお歳のはずだ。

「いや……先週、亡くなったんだ」

「そうだったんですね……それで成宮さん、お休みされていたんですね」

「そうなんです。葬儀とかばたばたしていて」

「なにかよくないことがあったんじゃないかと思ってました……ご愁傷さまです」

「凪紗さん、心配してくれてたんですか？」

その言葉に、思わずどきりとする。

「そりゃもう凪紗ってば、今日も休みだ、次の日も休みだ、ロミさんか誰かに理由聞いてないかって、オレもうかなりしつこく訊かれて」

大げさにショウが言うものだから私はにらんでやった。

「それは悪かったですね。リュンヌの人には秋良さんだけに言って、ここはバイトさんたちと冴子さんにまかせて実家に戻っていたから。凪紗さん、ごめんなさい」

「いえ……」

顔が熱くなっていくのがわかる。成宮さんを見られない。あわててマスクをあごに下げてコーヒーを飲む。コーヒーはほどよくぬるくなっていた。

「和真さんと久子さんは夫婦になれても、ちゃんとは愛しあえなかったんだな」

腕組みをしたショウが言う。

「そこに赤い糸はなかった。だって久子さんの糸の先には栄治郎さんがいるから。戦争ってのは糸がこんがらかる」

ショウの言葉を成宮さんは一般論として受け止めたようで、深くうなずいている。

「和真さんとすれちがいの生活でも、久子おばあちゃんは悪いのは戦争で和真さんは悪くないって、ずっと和真さんを支えていたらしい」

赤い糸で結ばれてはいないのに、それがどれだけ大変な日々だったか。

久子おばあちゃんは再婚したときに、和真さんと添い遂げようと覚悟を決めたんだ。

「和真さんは最期に、久子おばあちゃんに詫びたらしい。これまで悪かった、もう好きなように生きていいからって。それでも久子おばあちゃんはね、表向きは和真さんの妻としてありたかったんじゃないかな。時代がそうさせたのかもしれない」

「それで長いこと、栄治郎さんのことを治さんに打ち明けなかったんだね」

ショウの声がしんみりと響く。

「うん……父もその気持ちを尊重して、僕に教えなかったって」

自分の命が残り少ないと悟った久子おばあちゃんは、成宮さんにもきちんと真実を伝えたかったのかもしれない。

「久子おばあちゃんはね、僕に言ったんだ。栄一が花屋になってうれしい、血はつながっているんだねって。にこにこ笑ってた」

そう話す成宮さんもまたうれしそうだった。植物が好きで仕事にするという血筋に誇りを持っている。

「久子おばあちゃんは遺言どおり、棺の中で赤いバラの花に囲まれて、静かに眠ってた。それ見てたら泣けてきてね」

仏花にあえて赤いバラを選んだのは、久子さんの栄治郎さんへの愛の証しだったんだろう。

「久子さん、喜んでるよ」

元気づけるのではなく、確信を持ってショウが言った。

「そうだといいな……久子おばあちゃんは歴史に名を残すなんて大それたことはしなかった。ただがむしゃらに生きてきた。最愛の人と戦争で離ればなれになって、それでも歯を食いしばって生き抜いた。そういう人生の先に僕のこの命があると思うと、なんかもうせつないし、ありがたくてね。今、自分がいることが奇跡みたいに思えるよ」

たしかにそうだ。子どもや孫に血をつないで生をまっとうした。

「久子おばあちゃんは、ものすごいことを成し遂げたんですね……たくましく生き続けて、次の世代に命をリレーして」

うんうんと、ショウが頭をたてに振る。

「凪紗の言うとおり。そういう人たちが今を過去に変えて、未来を今にしてるんだよ。

でさ、時が歴史を紡いでいくんだ。人が生まれてからそのくり返し。それってホント、すごいことだよね」

「僕もそう思う。たくさんの生の上に今が、僕たちがあるんだよね」

成宮さんが私を見つめた。

「さっき僕が言った北原白秋の詩はね、こう続くんだよ」


薔薇ノ花。

ナニゴトノ不思議ナケレド。


照リ極マレバ木ヨリコボルル。

光リコボルル。


「バラの木に咲いたバラが、太陽に照らされて時が経つと散ってしまうってこと？なんか、あたりまえのこと言ってない？」

腕組みをして首をかしげるショウに、成宮さんが「そうなんだよね」とこたえた。

私は思いきって言ってみる。

「それって……不思議はないと言ってるけど、それこそが不思議そのものなんだって、言ってるような気もします。人の命もおんなじ」

不思議に満ちたこの世界で、人もバラもそれぞれの生を生きている。誰かに命を摘まれるなんて自然に反したことだ。

「同じですよね。人は人から生まれて、太陽のもとで暮らして、やがて命が尽きて果てる。その人生にいくつもの光を残して、誰かを輝かせて自分も輝いて。不思議なめぐりあわせで不思議に命をつないでいく」

成宮さんの声が、じんわりと心にしみた。なんて純粋な人なんだろう。

心が揺れている気がする。ゆうらりと、心地のよいリズムで胸をほんのり熱すように。

あと少し揺れたら落ちてしまいそうだ。あるいは心ここにあらずで浮かんでしまうのかもしれない。

そんなふわふわした感情に名前をつけないまま、今はそっと抱きしめていたい。

「人って、オレ好きだけどさ。わかんないとこも多い。どうして争いが絶えないんだろう」

ショウの言うとおりだ。二十一世紀になってもあちこちの国で戦火は絶えない。

「私、思うんです。戦後が、いつまでも続けばいいですよね……今が〝戦前〟にならないように」

「そうですよね。そしてそれが世界じゅうに広がればいい」

世界じゅうに、そうだ、ほんとうに。

「あの……花は表情を、心をやわらかくするって、前に成宮さん、言いましたよね？」

訊いた私に成宮さんの目が一瞬、点になる。

「え？　……ああ、そうでしたね。凪紗さんがはじめてここに来た日に」

「あれって、そのとおりですよね」

私が言えば、「それな！」とショウが輝くような表情を浮かべた。

「オレ、思うんです。花で人の心がやわらかくなって笑顔と愛があふれたら、争いなんて起こらないのにって。だから花を扱うナルは、平和へ向かって社会貢献してる」

「そう言ってくれるのはうれしいけど、かなり大げさじゃない？」

はにかむ成宮さんがハンチングをかぶり直した。

「私も、ショウの言うとおりだと思います。少しずつ少しずつ、笑顔を広げていってると思います」

「恥ずかしいな……そうそう、凪紗さん、蒸しパンありがとう！」

照れ隠しの成宮さんが、唐突に紙袋からそれを取りだした。

「オレたちはもう食べたから、ナル、どうぞ」

「じゃあ、遠慮なく……久子おばあちゃんとの思い出のおやつなんだ」

「蒸しパンが、ですか？」

「うん。高校まで実家で久子おばあちゃんと一緒に住んでて。よく、つくってくれたんです。中には必ず餡子が入ってて。朝からことこと煮つめたその餡がまた、ちょうどいい甘さでね」

成宮さんが、うれしそうに蒸しパンを見ている。そうして「いただきます」と、食べてくれた。食べ物を手づくりすることに変なコンプレックスを抱いたままじゃなくて、こうして持ってきてよかった。

「おいしい。やさしい味がする」

ぱくぱくと食べ終えた成宮さんは「ごちそうさま」と、私を見て言ってくれた。

「なんだか久子おばあちゃんにつくってもらったみたい。なつかしいよ」

「凪紗おばあちゃんの蒸しパンだけどね」

「ちょっと、ショウ！」

ふくれてみせると、成宮さんが笑いだした。

「……あ、いや、ごめん、笑って。だけど、凪紗さんがおばあちゃんになるころ、平和だったらいいよね」

「そのとき平和だったら、いくらでも蒸しパンつくって成宮さんに食べてもらいます！」

「それなら僕は長生きしなきゃ。なんなら花屋の店先に、蒸しパン屋さん開く？」

「わあ、夢が広がりますね。そしたら餡子も研究しないと」

「凪紗さん、これって現実的なビジネスチャンスだったりして？」

「てかさ、蒸しパン屋さんてなんか新しいね。凪紗おばあちゃん、いいじゃん！」

私たちは三人で笑いあった。さっきまでしんみりしていたのに、こうして笑えるのは久子おばあちゃんのおかげかもしれない。

「私、夕べ急に蒸しパンがつくりたくなったんです。クッキーでもチョコレートケーキでもなく、蒸しパンが。それで母の手づくり餡子を解凍して……」

「ナルのおばあちゃんがナルにつくってやれって、凪紗に言ったみたいだね」

「かもね」、そうささやいた成宮さんがかすかに笑った。私はそんな彼をあたたかい気持ちで見つめてしまう。

「あー、オレ、そろそろバイト行くわ。オレのつくったアレンジ、リュンヌに飾るよ。凪紗置いてくけど、よろしく」

コーヒーを飲み干したショウが席を立つ。

「え？　じゃ、じゃあ、私も……」

「凪紗さん、よかったらゆっくりしていって」

成宮さんが、まっすぐに私を見つめていた。胸がどきりとする。

「ゆっくりしてけば。店長がそうしてけって言うんだからさ」

「あ……じゃ、お言葉に甘えて……」

ニヤついたショウが「じゃあな、凪紗」と、手を振る。

「いってらっしゃい。バイト、がんばってね」

私も手を振ると、笑みで返したショウはつくりあげたアレンジメントを小脇に抱えた。ウンベラータの横を通り、隣の花屋カフェへと入っていく。

「……いつもショウくんと一緒だよね」

静かにそう言われた。

どうしよう、成宮さんとふたりきりなんてはじめてだ。顔を見られない。

「仲、いいよね」

「ちがいますっ！」

思わず声が大きくなって、あわててマスク越しに口を覆った。

「それじゃあ凪紗さんは……ショウくんと、その……」

ハンチングを脱いだ成宮さんが髪をかきあげる。

「つきあってるとか、そういうんじゃないの？」

「……はい」

ハンチングを深くかぶりなおした彼が、私の目をまっすぐ見つめている。

私は成宮さんのやさしい瞳から目をそらせなかった。

だけど、新しい恋に手を伸ばしている場合ではない。やり残したことがある。

「わ、私、あの知恵の輪を元カレに送ります」

「決心ついたんだね。でも、送っちゃっていいの？」

「はい。でないと……私の足は止まったままなんです」

「そっか。アレンジのレッスン、ちょっとは役に立ったのかな？」

「はい、とっても！　あの、それじゃ、そろそろ……コーヒー、ごちそうさまでした！」

顔が熱い、恥ずかしすぎる。

つくったアレンジメントを袋に入れてもらい、お代を払う。

「ちょっと待ってね。これ特別にプレゼント」

赤いバラの花を一輪、透明セロハンでラッピングしてくれた。

「はい、どうぞ」

手渡された赤いバラは成宮さんのおばあさんとおじいさんの、愛の証し。そして今日の思い出。

「いいんですか？」

「どうしても凪紗さんにあげたくて」

「ありがとうございます。うれしいです」

恥ずかしそうな笑顔で、成宮さんが私を見ている。

「また歩きだせるといいね」

私は深くうなずいて、成宮さんが開けてくれたドアから「ありがとうございました」と表にでる。

冬の終わりのさらりとした夜の帳はもう下りていた。

私の中には雅輝さんへの忌々しい気持ちとせつなさがないまぜのまま、まだしぶとく残っている。


この知恵の輪がぜんぶ解けたら、雅輝さんは幸せになれます。

そのときは、おめでとう。

雅輝さんのばか。

イベリコ豚なら、食べました。


「これでいいよね。うん。我ながらいい出来」

文房具店を三軒回って黄色いバラのグリーティングカードをさがしだし、そう記した。

七つの知恵の輪を荷造りする。

私を明るいほうへ導いてくれた雅輝さん。失恋は痛みを伴って私の胸を蝕み続ける。だからこそ今、かつての思い出を手放そう。新しく歩きはじめるために。

今日つくったアレンジメントが、窓辺でカラフルな存在感を放っていた。その色彩が私の心に忍び寄る。鮮やかなこれからの日々を、まるで予告してくれるように。

そしてテーブルには一輪の赤いバラが、凛と咲いている。

5

春キャベツの巻き巻き

―マーガレットをそのままで

「えっ、マジであれ送ったの？」

ロミさんが大声をあげるのも無理はない。凪紗はあの知恵の輪たちをロンドン近郊に住む雅輝に送りつけた。

「もう気はすんだ？」

ナルがやんわりと問いかけると、凪紗は彼を見てうなずいた。

「お待たせしました」

オレは客のテーブルに、オーダーを受けた〝春キャベツの巻き巻き〟のランチセットをひとつずつ並べたところだ。

「ありがと」

「ショウくん、ありがとう」

「ごゆっくりどうぞ」

客は凪紗とナル。そこに勤務中のロミさんが加わって油を売り、オレはかいがいしく働く花屋カフェ・リュンヌでの昼下がり。

このふたり、なにもデートの途中でここに立ち寄ったわけではない。凪紗は午前中だけ休日出勤した帰り、ナルはシフトが休み。それで寄ったらたまたまでくわして、流れで相席になっての遅いランチだ。まあ、そのたまたまこそがご縁なのだけれど。

実は、凪紗の糸はまだ相手と結ばれていない。オレの力がなぜか及ばないんだ。

「冷めないうちに召しあがれ」

ロミさんにナルが「いただきます」と返す。凪紗も「いただきます」、両手を合わせてから食べはじめた。

〝春キャベツの巻き巻き〟とは、春キャベツでつくったロールキャベツのことだ。マスターの秋良さんによるネーミングで、毎年この時期だけの限定メニューになっている。

タネの玉ねぎとにんじんをみじん切りにしたのはオレだ。春キャベツでタネを巻いたのは秋良さん。トマトケチャップをタネの隠し味程度にして鳥ガラスープで煮こむというオレのアイデアが採用され、去年までのトマト味のレシピがリニューアルされた。

秋良さんもほかのキッチンスタッフも、オレの舌に全幅の信頼を寄せてくれている。それはオレの存在理由のようで、かなりうれしい。

ランチでにぎわっていた客は帰り、ティータイムまでのほんの刹那。静かな店内をBGMのジャズが流れていく。

ほかには一組のカップルがまったりとしていた。彼女のほうは誕生日ということで、隣の花屋のペタルでつくってもらったミニブーケを彼氏からプレゼントされていた。

ふたりはロミさんによるノンアルコールのフラワーカクテルを味わっている。うす紫色のオリジナルカクテルはエディブルフラワーが飾られていて美しい。

カップルは甘いふたりだけの世界ができあがっていて、オレたちのことは眼中にない。そんなわけでロミさんはここでゆったり凪紗とナルの隣のテーブル席に腰かけて、張りついていられる。オレはロミさんのそばに立って様子を見ているというわけだ。

「ロールキャベツ、どう？　レシピ、ショウが考え直したんだよ」

ロミさんがふたりに話しかけた。オレのことを言われるのは照れくさい。

「ショウくんが？　すごいね、おいしいよ」

ナルの感想に、「あざーっす！」と返したオレはニヤついてしまう。

「ショウって味覚がするどいよね。キャベツがやわらかくて、とっても甘いの。素材そのものの甘さ。それが月桂樹でぱっきりさせた挽肉の味をさらに引き立てて……うん、ご飯との相性ぴったり」

「ぱっきりって、いいね。口に合ったんならよかった」

なんでもないように返したけれど、正直ひやひやした。凪紗のお気に召すかどうかと。

「ご飯との相性か。たしかにリュンヌのご飯は、秋良さんがあちこちの米を吟味して選び抜いたものなんだよね」

ロミさんが自慢げに解説する。

「お米農家さんにも、感謝しなくちゃ」

凪紗がつぶやくと、ふたりの目が点になった。

「凪紗の伯父さん、お米農家だもんね。そういうのもあっていつもちゃんと言うのかな」

なにげなくオレが発すると、当の本人が首をかしげる。

「手を合わせていただきますと、ごちそうさまって」

「あ、それは、よく言われるあれなの。食べることって、命をいただくことだから」

はにかむ凪紗に、ナルが和やかに話しかける。

「すごく大事なことだよね。僕なんか、ひとりで食べるとき忘れがちで」

「うん、大事なポイント。あと自分さ、ご飯と味噌汁の位置、こればっかりは譲れない」

言いだしたロミさんに向けて、凪紗が首をかしげる。オレは考えた。

「もしかしたらご飯は左で、汁物は右。それ以外は許さないってこと？」

「そう、それ！　ご飯が左手前で、味噌汁が右手前なんだよね。味噌汁はご飯の左奥に、なんていう地域差はあってもご飯が左手前、味噌汁は右手前っていうのが和食の一般的なマナー」

「たしかに……」、凪紗がロミさんの目を見て返す。

「ち、小さいころ、そう習いました。逆だと縁起が悪いよ、とかなんとか」

「でしょでしょ？　なのにさ、ドラマでも映画でもたまーに味噌汁が左、ご飯が右って反対のがでてくんの。それ見るともう興ざめ。五本指靴下を左右逆に履いちゃうくらいのむず痒さ！」

そこまで思うとは過敏だ。過敏だけれど、悪くないかもしれない。昔から米はとても大切で神聖なものとされてきた。それが左側を上位とする考え方と融合して、そういう配置となったと聞きかじったことがある。

「マナーって地域によってもちがうから、頭ごなしに否定はできないけど。それってひとつの食へのこだわりだよね。いいと思うよ」

納得したように言ったナルに、ロミさんがにんまりする。

「でしょ？　それで、今日はこれからふたりデート？」

「え？　いやいやいや僕たち、たまたまここで鉢あわせしただけで……」

「そ、そうです。私、ためちゃった洗濯とか、やらないとならないし」

「ふうん。なーんだ、もったいない」

「ほら、ロミさん、秋良さんが呼んでますよ？」

「えー？　べつに呼んでないと思うけどー？」

あわてるナルの言葉を受け、ロミさんはキッチンへ引っこんだ。凪紗は赤い顔で、黙々とご飯を口に運んでいる。

オレもほどなくして、キッチンへ戻った。ふたりだけにしてみようと思ったのだ。

ときおり笑い声のもれる凪紗とナルはかなり打ち解けているのが見て取れた。そうはいっても、ふたりは言葉どおり食事がすむとべつべつに帰っていった。

あともう一歩の和やかなふたりとは裏腹に、気がかりな男女がいる。


――三月。オレは沈丁花香る日本を離れ、力を使ってイギリスへ跳んだ。雅輝の住所をひたすら念じて、言うなればワープだ。

『バイト休んでまで旅にでるなんて、まさかこの街からでていくわけじゃないよね？』

出がけに凪紗は暗い声で、そう訊いてきた。

『ちがうって。ただちょっとよその地に糸結びをしにいくだけだって』

『そうなの？　ショウっていつのまにか、自分の使命に向きあえるようになったんだね』

『……まあね。仕事をがんばってる凪紗を見てたら、やってやろうって気になって』

『がんばってるっていうか、私にはほかになにもないし。でも、よかった。気をつけて』

ほがらかに笑う凪紗を部屋に残し、行き先は告げずにでかけた。アルバイト先のリュンヌにはインフルエンザにかかったと言った。嘘をついてまでもここに来るべきだと思った。

凪紗が元カレの雅輝に知恵の輪を送るなんて、そんな行動はいくらでも止められた。けれどそれは彼女の望むところではない。

現に、送りつけたことで気持ちの整理がついた凪紗は、すがすがしい顔で「おしまい」とオレに言った。すっきりした声と表情で。

その一方で、妙な胸騒ぎがしたオレはここまでやってきた。

糸結びを封印していながらも、やっぱりどうにも身体がうずいた。人のそばにいると赤い糸が見えてきて、ただの傍観者になんてなれやしなかった。

ロミさんと遥人さん。ロミさんと芹奈さん。そして凪紗ももうすぐ……だろう。

そんなことを考えながら、雅輝の姿を強く心に思い浮かべる。長いこと冷蔵庫に貼られていた葉書の写真で顔を記憶していたから、念じればその気配は強く感じられた。それを追いかけて跳べばいいだけだった。

すぐに彼を発見したオレは、雅輝の働くガーデンに忍びこんだ。人の薬指ほどの大きさの姿で、木の枝から下をながめる。

冬の終わりを告げるスノードロップは見ごろを過ぎた。代わりに花開いた紫や白のクロッカス、黄色のスイセンが春の訪れを歓喜する。観光客たちがカメラを片手にゆっくりと愛でている。

ガーデナーたちがせわしなくそれぞれの仕事に没頭する中、雅輝もまた土と対峙していた。彼はがっしりとした体格で背が高く、陽焼けした精悍な顔立ちの男だった。

こいつが過去に凪紗とつきあい、凪紗を泣かせた張本人。そう考えるとオレの中に嫉妬のようなものが噴きだしてくる。

まあ待て、オレ。嫉妬なんて気の迷いだ。家族のような凪紗を傷つけた相手なら、そいつを腹立たしく思う気持ちはなにもおかしくない。

やがて雅輝はバックヤードのベンチで昼休憩に入った。その上の木立から様子をうかがっていると、おもむろにポケットからひとつの知恵の輪を取りだした。かなり熱心に興じている。けれど金属は固く結ばれたまま、なかなか抜けやしない。

「貸してみな。やってやるよ」

オレが言いたかった台詞の英訳とともに、手をだしたのはガーデナー仲間だった。

「ダメだ。俺のものだから」

なめらかな英語で断り、雅輝はまた夢中になっている。

それは凪紗が送った知恵の輪にほかならない。あの知恵の輪こそ、凪紗の答えだ。

あの日、髪を切ったばかりの凪紗をナルの花屋に残してから、ふたりにどんな会話があったのかはわからない。

けれど凪紗の気持ちが前へと動きだしたのはわかる。かたくなに閉ざしていた凪紗の心が、つぼみがふくらむように、やわらかく開きはじめたのを頭の片隅で感じている。それはオレが望んでいたこと。喜ぶべきこと。

そうでありながら、オレの胸は爪を立てられたように、きりきりと痛みを伴っている。


夕方、勤務時間を終えた雅輝は、ひとりでパブへ入った。今度はオレも人間サイズになって客になりすまし、テーブル席の彼の隣に座る。

イギリス紙幣は持っていない。頃合いを見てトイレに入り、店の外へ跳べばいい。無銭飲食など好まないもののターゲットと話せるチャンスを逃してはならない。ここはキャッシュオンではないようで都合がよかった。

パブでは多くの客たちが銘々の酒に酔いしれていた。雅輝はじゃがいもとチャイブのサラダを食べながらビールを飲み、またもや知恵の輪に集中している。

オレはビールとフィッシュ&チップスを口にしながら、その姿を横目で見ていた。

そのうちに雅輝はS字がふたつ連なったものを解いた。

するとと彼はすぐさまバッグから別のものを取りだした。集中し、またしても手こずっている。ああ、それはそうじゃないのに。なんという歯痒さ。

「あの、オレにやらせてもらえませんか？」

見かねてつい、話しかけてしまった。

「え、日本語！　話せるんですか？」

鳩が豆鉄砲を食ったような顔で、雅輝はこちらを見ている。

「はい。日本から来ました。こっちには留学で」

嘘も方便ってやつだ。

「そうなんですね。いや、すみません、外見から西洋の方だと思ってました。うれしいな。もうずっと日本と日本語を話していないから」

「オレもです。日本と日本語がめちゃくちゃ恋しくて」

「おんなじです、おんなじ！」

「ですよねえ……あの、さっきから夢中になってますよね、知恵の輪。難しいですか？」

「ああ、これ？　難しいね。部品同士の隙間に、俺の意識自体もスライドしてる感じ。何度も指先で折り返すうちに、俺の脳みそのひだも知恵の輪のカーブでできているような気がしてきちゃって」

これは重症だ。

「楽しいですか？」

「楽しいっていうより、解けないのがもどかしい。でもね、集中してるうちに庭づくりや寄せ植えにどこか通じるものがあるって気づいたんです」

オレが首をかしげてみせると、雅輝は続けた。

「俺、ガーデナーやってて。たとえば成長した植物の姿を想像しつつ色と形のバランスを緻密に計算して、球根や苗を植えるんだけど。どこに植えたらいいか、ちゃんとキレイに収まる正解があるんです」

「はあ……」

「知恵の輪も必ず正解がある。解くための正しい金属の向きやひねり方があって。そういうところに、どことなーく共通点があるなあ、ってね」

相当ハマっているんだ、この人。あっけに取られているオレに、雅輝は身を乗りだして熱心に教えてくれる。

「それから知恵の輪の効能には、自分自身を振り返るってことがあるんだね。はじめて知ったよ」

知恵の輪をオレの目の前でチャラチャラと振ってみせてから、また興じはじめた。

そんな彼の手もとを見ながら話しかける。

「なにかに集中しているうちに自分と向きあっていくってこと、ありますよね」

「だよね？」、雅輝はオレの方を向いた。

「今朝ね、妻に……彼女はイギリス人なんだけど、つい〝きみのつくるミートパイ、もうあきたよ〟なんて言っちゃって。後悔したのは今日、仕事の休憩時間に知恵の輪をはじめてからなんだ」

酒のせいなのか、もともとの性格なのか、饒舌に話してくれる。

「妻はものすごく複雑な表情を浮かべていてね。怒ったような哀しんでいるような顔で、ただ無言で俺を見ていてさ」

「それはちょっと言い過ぎたかもしれませんねえ」

そう言って、オレはビールをひと口飲んだ。

「やっぱそうだよね？　それで帰りづらいんだけど。この知恵の輪のおかげで俺は反省もしはじめたんだ」

「その知恵の輪、どうしたんです？」

素知らぬふりで訊いてみた。

「プレゼント。俺、思うんです。贈り物をもらっての感慨には二種類ある。喜ばしいか、ありがた迷惑か」

「わざわざそう言うってことは今回の贈り物は、喜べない？」

「そうなんだよな……実はクリスマスに、日本の元カノに〝結婚しました〟って葉書を送っちゃって。そしたら因果応報みたいにこれが送られてきてさ」

「元カノって、別れてからこっちに来たんですか？」

水を向けると雅輝は乗ってきた。

「いや、遠距離恋愛。けど、こっちに慣れるのに精一杯で、そうこうするうちに妻となった人との出会いがあって。遠くの恋人より、近くのいいなって想う女性に心揺れちゃって」

「でも日本の彼女とは、ちゃんと別れたんですよね？」

「それが、彼女と別れ話をしたことはないんだよね。向こうから連絡が来ても、仕事に集中したくて返事をしそびれて。そのうち彼女からも連絡がなくなって、自然消滅」

まったく！　あんたがそんなだから凪紗はあんたに二度も失恋したんじゃないか。

「元カノに、なんでわざわざ結婚の知らせを？」

あきれた気持ちを抑えて訊くと、雅輝は天井を見あげて考えこんだ。

「なんでだろうな……浮かれていたわけじゃないよ。ただ、きみも幸せになってほしい、そういう気持ちがあったんだと思うな。それで連絡したかったんだよね」

そんなの傲慢だ。そっとしておくことがいいってことも世の中にはあるというのに。

「こっちへ来ること、ギリギリまで彼女には言いだせなかった。別れたくないくらい大切だった。仕事にも俺に対しても、一生懸命でひたむきな彼女が、俺は大好きだった。だけどね、愛していたから、彼女を俺に縛らないで自由にしてあげたかった。まだ若い、就職したばかりの彼女に、イギリスへ来てとは言えなかったよ」

ビールを飲んでから雅輝は続ける。

「だけど遠距離恋愛は、仕事と語学に追われる俺には難しすぎて。そのうちに……」

ふう、とため息をついてから、雅輝がオレを見た。

「悪いのは俺だよ、わかってる。だから罪悪感があってね」

酔いに任せて話すその過去は、赤い糸で結ばれていないふたりなら当然のことだ。仕方のないこと。

ビールを飲んで、オレは落ちつこうとした。咳払いをひとつして改めて訊いてみる。

「それで結婚したことを伝えたら、この知恵の輪が送られてきたってわけですか？」

「そうなんだよ。しかも一緒に送られてきたカードには〝ぜんぶ解けたら幸せになれる〟って書いてあって。べつにそれを鵜呑みにしてるわけじゃないよ。ないけど、望むとおりに知恵の輪を解くことが、彼女への謝罪のような気がしてね」

雅輝はオレを見てそこまで話すとビールを飲み、また知恵の輪に向きあった。

しばらくその光景をながめたあと、オレはたまらずに声をかけた。

「その知恵の輪、悪魔の爪っていうんです」

「えっ？」、雅輝が顔をあげる。

「U字のようにひねられた金属が爪に見えますよね？　解けないのを悪魔がせせら笑っているんですよ」

「なるほど」

「オレ、やっちゃいましょうか？　けっこう得意なんです」

「いや、これは俺が解かないと意味がない。ああでも、できればヒントを」

人懐っこい笑みを受けて、オレは身を乗りだした。

「これはですね、ひねって解くタイプ。くっついたふたつの金属のほんのちょっとの隙間から……って、あー、説明難しいから見てて」

ゆっくりとやってみせて、すっと金属をはずした。

「すごい！　やっちゃえば簡単なんだね。もう一回やって、お願い！」

弾む雅輝の声に応え、三度、四度と手本を見せたあと、彼は格闘しはじめた。糸結びが使命のオレがくっつきあった輪をほどく作業の手伝いをするなんて皮肉だ。

どれくらい経ったかオレが慣れないビールを飲み干すころ、輪は突如、抜けた。

「やった、やったよっ！」

すがすがしい笑顔で、雅輝はオレを見る。

「ほどけるときにはあっけない。でも、でもですよ？　固く結ばれていたと思える金属が外せる瞬間、爽快だね！　ああもう、ミートパイをめぐる国家レベルのすれちがいから逃れずに解決したくなってくる！　元カノへの懺悔とともに」

「元カノへの懺悔？」

「そう。それに、妻との今朝のすれちがいさえ、答えが見つかったような気がしてくるよ。なかったことにするんじゃなくて、これからの俺のありようが、妻への思いやりがわかった気がする」

　人目を気にしない大きな声。こちらの方が恥ずかしくなってしまう。

　そして凪紗を捨て、妻との現在を正当化するその素直さも、呆れはするけどなんだか雅輝という男の魅力なんじゃないかっていう気がしてくる。

「ありがとう！　俺、思いだせたよ。イギリスに骨をうずめる覚悟だってこと。妻の顔が早く見たくなった……お先に失礼します。あ、ここは俺が」

　雅輝はビールを飲み干し、あたふたと会計をすませて、帰っていった。

　知恵の輪の効能は素晴らしい。凪紗の贈り物のチョイスも、また。

　いつか凪紗が言っていた。雅輝はいつでも、なんにでもまっすぐな人だと。そうか、猪突猛進のイノシシか。そう思うとなんだか笑えてくる。とことん憎めなくて拍子抜けだ。

胸騒ぎを覚えたのは、雅輝と凪紗の関係ではない。そっちはとっくに切れている。オレの力うんぬんの話ではなく、誰の目にも明らかだ。

問題なのは、雅輝とその妻だ。もともと揺らぎつつあった関係に凪紗の投げた小石が大きな波紋を広げている気配が、まだ脳裏に消えないでいる。

パブをでてから雅輝の住むフラットの窓辺に来てみると……案の定。ふたりは言い争っていた。もちろん英語で。

「ミートパイはおばあちゃんから受け継いでいるの。そりゃわたしの得意料理っていったらミートパイだけよ。でもね、わたしにとっては大事な料理なの!」

ミニサイズになったオレは窓から覗きこんで会話を聞く。妻の名はエレンといった。彼女はおおむね明るいが、きわめて頑固な性格のようだ。そしてお腹が大きい。妊娠しているんだ。

「雅輝のガーデンて、なに?」

エレンが震える声を放った。その両目からほろりと涙がこぼれ落ちる。

「観光客向けのよそのガーデンばかり大事にして、うちは? 私たちのガーデンは?」

洟をすすりながら声をしぼりだす。遠くで犬が鳴きだした。

「うちったってフラットなんだから、ガーデンなんてないだろう？」

「そのガーデンじゃないわよ。わたしたちの、心の中のガーデンよ。手がつけられていないでしょ。荒れ果てているでしょ。あなたはわたしを見てなんかいない。外にばかり目が行ってて……そうよ、わたしよりも外のガーデンが大事なんでしょう？」

空気に張りつめたものが含まれている。犬はさかんに吠えたてる。

「なにを根拠にそんなことを……」

「このあいだ届いた日本からの贈り物よ。日本に残した彼女なんでしょう？　別れたって言ってたの、嘘だったのね！」

「ちがう、誤解だ。なあ、謝るよ。今朝のこと、これまでの喧嘩のもとすべて」

「知らない。赤ちゃんができたからってすぐに結婚を決めたわたしがばかだった！」

「聞けって」

エレンの手を雅輝がにぎる。

「ミートパイもひっくるめて、俺はきみが大好きだって今日わかった。思い知った」

「どうしてわかったの」

「知恵の輪をやっててさ。例の贈り物、知恵の輪だったんだ」

「そう……日本の恋人を想って知恵の輪をやったんだ……」

エレンの声は弱々しい。

「恋人じゃない。きみのことだよ」

「恋人からもらった知恵の輪にちがいないでしょう？」

静まりかえった夜の街に、犬の声がおんおんおんと響く。

「そりゃ……前の恋人からもらったものではあるさ」

「ほら！」

彼女の鋭い声がした。

「でもね、送ってきたのはあいつなりの、決別と祝福の意味があると思うんだ」

「知恵の輪が？」

「そうだよ。それを俺は受け止めなくちゃならない。おまけにカードには〝ぜんぶ解けたら幸せになれる〟って書いてあったんだ。解かないわけにはいかないよ。だから必死で知恵の輪に向きあってる。そうするうちに、きみともちゃんと向きあおうって思いはじめたんだ」

「知恵の輪が解けたからってなんだっていうの？　ばかじゃないの？」

「ああ、ばかだよ。だからきみのこと、こんなに怒らせてるんだよ」

「ばか！　ほんっと、ばか！　もう知らないっ！」

「あ、おい、エレン！　ねえ、ちょっと！」

エレンはベッドに直行して布団をかぶると、雅輝の言葉にはもうこたえなかった。

翌朝、オレは雅輝の勤めるイングリッシュガーデンに潜入した。客として園内を歩いているうちに、その姿を見つけた。

「おはようございます。夕べはごちそうさまでした」

日本語で声をかければ、彼はびくっとして振り返った。

「あ！　あのパブの……」

「ショウっていいます。ガーデンで働いてるって聞いたから、もしかしてここかと思って」

「わざわざどうもね。俺は池内《いけうち》。池内雅輝」

「雅輝さん、奥さんとはあれから仲直りできましたか？」

「うわー、痛いとこつくなあ。喧嘩したまま今朝はひとことも話してくれないんだよ」

「そうですか……」

はじめて知ったように同情してみせてから、オレは提案する。

「そういうときこそ花ですよ、ガーデナーらしく。花をプレゼントするんです。雅輝さんがほんとうに奥さんを好きなら」

「好きだよ、好きに決まってるよ。でも花って、どんな花がいいんだろう？」

雅輝はスコップを作業用の一輪車に乗せ、わきにしゃがみこんだ。

「奥さんとの思い出の花とかないですか？」

オレも雅輝の前にしゃがむ。

「花？　あったような気がするけど、なかったような気もするなあ」

「なんですか、それ」

「エレンにはこれまでいろんな花をプレゼントしてきたんだよ。誕生日やクリスマスにバレンタイン、ミモザの日にサンジョルディの日ってさ。だけどいつでも、もういっつも困った顔するんだ。花が嫌いな人がいるなんて思いたくないけどさ、エレンはそうなのかもしれない」

一気に話した雅輝が、すとんと肩を落とした。

オレは左耳のピアスに触れる。強く、エレンのことを考える。

ある映像が浮かびあがる。幼いエレンが泣いている。そしてピンク色の花……菊にも似た花に細くて深い切れこみのある葉が、頭の片隅に浮かんできた。そうだ……。

「雅輝さん、マーガレットですよ」

「マーガレット？　あの白い、恋占いするやつ？」

「それです。花言葉は全般的に〝予言〟、それから〝恋を占う〟」

「占ってもさ、好き、離婚、好き、離婚ってちぎっていって、離婚ってでたら……それっておしまいじゃないか」

なんて弱気なことを言いだすんだこの男は。実は、マーガレットの花びらは二十枚前後で、たいていは奇数なんだ。奇数であるなら〝好き〟からはじめれば必ず〝好き〟で終わる。

ああもう仕方がない。

「花言葉はまだあります。ほかには〝誠実〟、あとはピンクなら〝真実の愛〟」

「真実の愛？　いいね、それいいね！　決まりだね、ピンク色のマーガレットに。ありがとう。それじゃ、仕事終わったら買って帰――」

「ダメです、今すぐです！」

間髪をいれずにオレは言う。

「すぐに行ってあげてください。奥さんはずっと心を痛めているんです。そんな状態が続くなんてかわいそうです」

「そうかな」

「そうっす！」

雅輝はうなずいて仕事を放りだした。ガーデンをでたそのあとを見つからないようにつければ、花屋でピンク色のマーガレットを買っている。それから彼はフラットに直行した。

花束を抱えて現れた雅輝を見て、エレンはぎょっとした表情で玄関先に固まった。

「なにやってるの、仕事は？」

「ちょっと抜けてきた。はい、プレゼント」

「なによ、これ」

「マーガレット。きみへの謝罪の気持ち」

「謝罪って認めるんだ。日本に残した恋人と、今もつきあっています、って」

「あのねえ、それはちがうんだって言ってるよね？」

雅輝は無理矢理、エレンに花束を渡した。

「だからなによ！　いらない、こんなのっ！」

エレンは花束を雅輝に叩きつけた。キャッチした雅輝の胸でピンクの花びらが揺れる。

「いったいどうしたんだよ？　きみはいつもそうだ。花をあげても喜んでくれない」

「だから！　だからあなたはなんにもわかってないっていうの！　ばか、ほんと、ばか！」

「なにがわかってないんだよ？　言ってくれなきゃ全然わかんないよ」

「わたしのダッド……ハーリーのことよ……」

　震える声をしぼりだしたエレンに、雅輝は「お父さんがどうしたの」とやさしくささやいた。

「ハーリーはね、会社からの帰りが遅くなる日にいつも一輪の花を買ってきたの。私もマムも、仕事の忙しいハーリーが私たちのことを考えてくれているんだって喜んでた」

「なんだよ、いい話じゃないか」

「ちがうの！　後ろめたいからだったの……ハーリーが花を買って帰る日は、ほかの女の人と会っている日だったの！」

「……不倫？」

「そうよ。あるときマムがね、花のラッピングに貼られたお店のシールから、お花屋さんをつきとめたの。ハーリーの帰りが遅い日にマムが行ってみたら、お花屋さんの隣のフラットからハーリーと腕を組んだ女の人がでてきたって……」

　泣きだしたエレンが洟をすすって続ける。

「だからわたし、花をくれる男の人が心のどこかで信じられないの。あなたはちがうって思ってた。思いたかった。なのに今もまだ、日本の彼女のことを！」

　ここまではオレの中に浮かんだ映像どおりだ。さあ、雅輝、どうする？

左耳のピアスに触れて、目を閉じた。雅輝らしく、まっすぐぶつかれ。そしてエレン、この花の記憶を呼び覚ませ……静かに念じる。

「エレン、マーガレットの花言葉、知ってる？」

「知らない」

「〝誠実〟、それから、こういうピンクは〝真実の愛〟だって。俺の気持ちそのもの」

「誠実に、真実の愛……？」

「そうだよ。エレン、俺のことを信じて。俺は少なくとも自分がばかだってことを知っている。知恵の輪がきてからの俺は、前よりもきみのことを考えているんだよ」

「ほらまた知恵の輪」

「いいから聞いて。俺はこれからもきみに花を贈り続けたい。ばかな俺には花に気持ちを託すことしかできないけど。きみにはいつも花みたいに可憐に笑っててほしい」

雅輝は泣いているエレンを愛おしそうに見つめた。

「エレン。花はなんにも悪くない。花に罪はない。ただキレイなだけだ」

「……そうよね……うん。キレイなだけ……」

涙をぬぐったエレンが、雅輝の持つマーガレットの花束に手を伸ばす。

「それちょうだい」

エレンは花束を、こんどはちゃんとその腕に抱いた。花たちを涙で濡れた顔で見ている。

「ピンク色のマーガレットはね、マムが私に買ってくれたはじめての花だった。ふたりで暮らそう、これからもよろしくねって。私にとっては新しいスタートの花」

涙に濡れた顔ではにかんだエレンは、次の瞬間、雅輝をにらみつけた。彼の頬をつねる。

「痛《い》ってえっ」

「今回は許してあげる。仕事大好き人間の雅輝が、ガーデンを放りだして来てくれたんだものね」

「なあ……俺たちのガーデン、しっかり築こう」

雅輝がそっとエレンを抱きしめた。

とたんにオレの足の裏から頭のてっぺんにかけて、電気が走ったように達成感がほとばしる。

オレはまたしても糸結びをしてしまった。

人になりたいのに、こうしてまた心から誰かの幸せを願っている。

このふたりの関係も、やがては死によって引き裂かれる。けれどいつか凪紗が言ったように、最後に残るのは別れの苦痛だけじゃなく相手への感謝もあったらいい。

そうであればオレのしたこともオレの存在にも、意味があるということだ。

だったら……だったらオレはナギの使いとして生き直すのか？　ナギの使いとして生きるということは、すなわち——。

夜更けに日本の凪紗のもとに帰るなり、オレは寝こんでしまった。身体じゅうが重くて痛い。眠くてたまらない。

「ショウ、もう半日以上眠ってるよ？　ちょっと、大丈夫なの？」

ひと晩経って、耳もとで凪紗の心配げな声がする。少し離れていただけなのに、凪紗の存在がどうしてこんなにもなつかしいんだろう。

「んー……大丈夫……」

こたえたものの疲れ果てていた。イギリスへ跳ぶなんて、無謀だったな。少し距離が遠すぎた。なんとも貧弱な身体で笑えてくる。

ふたたび眠りの波にさらわれた。海の音が聴こえる。これまで目を伏せていた現実が強烈に襲ってくる。

そうしてオレは、懺悔の念を抱く——。

夏香ちゃんは、オレを明るいほうへと導こうとしてくれた。

それでもオレはとことん自信を失くしていた。ナギの使いである自分に嫌気がさしていた。人になりたいという思いは日に日に強くなるものの、なれるはずもなく内心はかなり荒れていた。

ペンション・サニーサイドではじまった暮らしは、季節がふたまわりしていた。死んだように生きたままで。

「ずっと元気ないよね。あたし、すごく心配だよ？」

小学六年生の彼女は必死にオレを励ましてくれた。かすみ草が元凶のオレへの苛立ちはとっくに消えていた。

そして、あの日。ふたりでお使い帰りに立ち寄った、冬のはじまりの公園……。

「ショウくん、あたし、ここから飛ぶから」

ブランコを高く漕いで、夏香ちゃんは言った。

「あたしが飛んだら、ショウくん、あたしをキャッチして。あたしを海辺の高台で助けてくれたときみたいに。魔法を見せて！」

「やめろって。そんな力は使いたくなんかない。オレは人になりたいんだ」

夏香ちゃんに背を向けた。見ていなければ危険を冒すことはないと思って。

「ショウくんはショウくんだよ？　自信持ってよ。ショウくんはすごい力をいっぱい持ってるんだから……」

次の瞬間、嫌に大きな音がした。

振り返ると、夏香ちゃんが地面に横たわっていた。声もあげなければ動きもしない。

それきり、意識は戻らなかった。

父親の拓海さんも母親の留美子さんも、オレを蔑み、罵倒した。

「一緒にいたんだろ!?　あの子はジェットコースターを怖がる子だ。ブランコだって大嫌いだった。そそのかして、いったいなにをしようとしたんだ!?」

「あなた、特別な力があるんでしょ？　あの子を起こして！　起こしなさいよっ！」

オレはなにもできなかった。無力だった。

すぐに逃げだした。本来の姿に戻り、海沿いの街からできるだけ遠くへ跳んだ。

とにかく南へと向かったものの、どこをどう彷徨ったのか記憶にない。たどりついた公園で人間サイズになったオレは、力尽きて倒れてしまった。

そこを凪紗に助けられ、一緒に住まわせてもらい、今はこうして寝こんでいる。

あの事故から三ヶ月が経っていた。

意識は戻ったのか？　夏香ちゃんの健康を、オレが奪った――。

「ショウ、起きた？」

ソファで眠っていたオレのわきに、マスクをしていない凪紗の顔がある。その顔がやけに大きい……って、ごめん。オレが凪紗の薬指サイズなだけか。

まだ寝ぼけたままぼんやりと化粧っけのない凪紗をながめる。彼女はいつのまにかオレにすっぴんを見せてくれるようになっていた。

オレの額に指先が伸びてくる。

「熱はない……のかな？　小さくてよくわかんないね」

「うん、ないみたいだよ」

「よかった。これ、成宮さんにお願いしてつくってもらったの」

オレのそばに花束を置いてくれた。横になったまま夢中でその香りを嗅ぐ。ラナンキュラスの香りにむせ、咳きこむ。

「そんなにがっつかないで。ゆっくりね、ゆっくり」

そのやさしさに、オレの目から熱いものがこぼれ落ちた。

涙があふれて止まらない。

こんなオレがあたたかさに包まれている中、夏香ちゃんはどうしているだろう。オレなんかが温室のような場所にいて、果たして赦されるのだろうか。

「なにがあったの？」

やんわりと訊かれて、オレは起きあがった。洟をすすり、涙を拭う。

「いや……べつに、なにも」

「なんにもないはずないでしょ？　ショウ、私に内緒でどこに行ってたの？」

「なんもないよ……てか……オレさ……イギリス、行ってた。雅輝んとこ」

「なんで？」

問い詰めるように声が大きくなった。

「雅輝と奥さんがさ、ダメになりそうになってて」

「それって私が知恵の輪を送ったりしたから？」

「まあ、それもある。けど、その前からぎくしゃくしてた」

口もとを両手で押さえて、凪紗は目を大きく見開いた。

「なんだよ、そんな顔すんなって。もとのさやに収めたよ」

「そうだったんだ……私のためなんでしょ？」

「うぬぼれんなよなー」

照れくさくて、つっけんどんに返してしまう。

「オレは雅輝と奥さんのためにお節介しただけ。腐ってもオレはナギの使いだから」

「そっか……だけど、ありがとう」

微笑んだ凪紗はなにかが吹っ切れたように、晴れ晴れとした顔をしている。

それはもう凪紗の心に新しい誰かが住んでいるからなんだろう。その相手が誰なのか、わかりきっている。喜ばしいことだ。なのに、わかりたくないという気持ちがあるのは、なんなのか。

これでは鳥のヒナだ。生まれてはじめて見たものを親だと信じて慕う、ヒナ鳥。倒れていたオレは眠りから覚めて、最初に見た凪紗を……。

もう冗談めかしてハニーだなんて呼べない。なんだ、そうだったのか。それでオレの力が一〇〇％だせずに、凪紗の糸結びを完了できないでいたってわけか。

「ショウ、よかったら聞かせて。なんで泣いちゃったの？　雅輝さんのところで、ほかになにかあったの？」

「いや、べつに……」

「じゃあどうしたの？　私には話せない？」

深い瞳が、さぐるようにオレを見つめる。その瞳から逃れるようにうつむいた。

「話したら、凪紗はオレを軽蔑する」

「ちょっと？」

怒ってみせる声。

「ショウのこと信じてるよ。ナギの使いだってなんだって、心っていうものを持った生きる仲間だと思ってる。なのにショウは私を信じてないの？　だから言えないの？」

「まさか」

「だったら聞かせて」

「けどさ！　けど、これはオレの問題なんだ。こればっかりは凪紗にだって……」

「私ね、ショウに助けられてるの。だから私だってショウの役に立ちたい。言って少しでも楽になれるなら聞いてあげたい。話したくないならそれでもいいけど、私はずっとショウの涙を忘れられないよ」

真剣なその眼差しに射すくめられる。

凪紗を失くしたくない。だけど、話して楽になりたい。これはオレの弱さだ。誰かに必要とされて、そして受け入れてもらいたい自分がいる。

「ホントはオレ、ここでさ、ぬくぬくしてていいようなヤツじゃないんだ」

「聞くよ？　どんなことでも」

オレは話した。夏香ちゃんのことを。

穏やかな表情で凪紗は聞いてくれた。

「それで、遠くにジャンプして、着地に失敗して……」

凪紗は小さすぎるオレに人さし指を伸ばしてきた。その指先をソファに座ったまま両手で包む。

「ショウが悪いわけじゃないよ。人の運命ってときどき皮肉なものでしょ？　大きな力に巻きこまれて、どうにもできなくなるってこと、お父さんが亡くなって知ったもん」

「けど、夏香ちゃんはオレに助けてもらえるつもりで……それであんなに高いところからわざと落ちてみせたんだ。オレさえあの家族の前に現れていなければ……」

むなしく響く声を聞き届けた凪紗が、人さし指の先でオレの手をさする。

「ショウがいなかったら夏香ちゃんは最初の事故で亡くなっていたかもしれない。それを助けて、二度目の事故まで楽しく生きることができたんだよ。それってすごい奇跡じゃない？　そう思って、ショウは前を向いて」

そこまで言った凪紗の目には涙が浮かんでいた。

「後悔してへこむのは簡単なこと。どうにか自分に折りあいつけて、前を向いていかなくちゃ。ショウはショウらしく生きなくちゃ。じゃないと、夏香ちゃんに失礼だよ。前を向いて歩くってことは、ショウが私に教えてくれたことなんだよ？」

「……凪紗、肩に乗せて」

凪紗はゆっくりとオレを抱きあげ、右肩に乗せてくれた。まるで肩の上のインコに頬を寄せるように、凪紗はすぐにオレへと首を傾けた。たまらず、凪紗の顔を両手でぎゅっと抱きしめた。

やわらかな感触。短くなった凪紗の髪が香しい。

そっと、その頬に口づけた。もっとも小さすぎるオレのキスなんて凪紗は気づきやしない。凪紗は人なんだ。そしてオレはナギの使い。だったら……。

「決めたよ。オレ、夏香ちゃんのところへ行く。今すぐに」

「今すぐ？　ダメ、具合悪いんだから。イギリスへ行ったみたいに力を使っていくのもダメ。体力、消耗しすぎてる」

ゆっくりとささやく声がとてもやさしい。

「私も一緒に行くよ。明日は日曜で会社も休みだし。朝、ショウが元気になっていたら、一緒に行こう」

「だけど、これはオレの問題なんだ」

「あのね。世の中は持ちつ持たれつなの。助けあって生きるのが、仲間なんだからね？」

仲間、そう言ってもらえることがうれしくて、同時にどうしようもなくせつない。

「私はなんのとりえもない、ふつうのしがないOLだけど。ショウのことは、ほんっとうに仲間って思ってるから。だからもっと頼ってよ」

「ふつうっていうのは存在しないし。だいたい凪紗にはずっと頼ってる」

「頼ってる？　私に？」

「ああ。オレってさ、エネルギー源は花の匂いだけど、植物を大切に思う人の気持ちからも力をもらえてるんだ。だから花が好きっていう凪紗の気持ちも、オレの生きる力」

「全然知らなかった。じゃあ、ショウは大丈夫。私と一緒にいるから、ずっと食いっぱぐれることはないよ」

頼もしく凪紗は言うと、そうっとてのひらにオレを乗せ、ソファに寝かせてくれた。

「おやすみなさい。いっぱい寝て、よくなってね」

あたたかなフリースのひざかけを掛けてくれた凪紗はダイニングのテーブルにつき、持ち帰った仕事をはじめたようだった。

凪紗と一緒にずっと、か……そうできたらどんなにいいだろう。

夢の中でオレはリュンヌにいた。ロミさんとふたりで〝春キャベツの巻き巻き〟をつくっている。それをロミさん、凪紗、ナル、オレの四人でわいわいと味わっている。

「エディブルフラワー、おまけしてあげる」

秋良さんはそう言って、春キャベツの上に花をいくつも散らしてくれた。

「お皿の上が、花畑になったね」

凪紗が喜んでいる。マスクをはずした、愛くるしい笑顔で。

ずっといたい、あの場所に。けれどそれもまた甘えなんだ……。

目覚めると朝が来ていた。身体の力は戻っている。

凪紗が眠っている隙に、ひとりで旅立とうと思った。

なのに人間サイズになって悠長に歯を磨いているうちに、凪紗は起きてしまった。

「おはよう。調子、どう？」

「よかった。おかげさまで平気！」

「よかった。じゃ、一緒に朝ごはん食べたら行きますか」

「一緒に朝ごはん？」

「花の香りだけじゃなくて、ちゃんとお腹に入れて力つけようね。座って待ってて」

凪紗はそう言って、キッチンにこもった。

やがてだしのいい匂いがしはじめて、オレの腹がぐうと鳴った。

目の前のテーブルに片手鍋とふたつの茶碗が用意される。

「卵のおじやだよ。具合の悪いときはね、うちのお母さんのレシピのこれがいちばんなの。風邪で寝こむと、必ずつくってくれてね」

茶碗によそってくれたのはご飯の上に溶き卵が固まった、シンプルなおじやだった。

「ご飯は昨日の残りを使ったけど。さ、どうぞ」

「どうぞって……え？　手料理、食べさせてくれるの？」

「細かいことはいいから。熱いうちに」

「……いただきます」

木のスプーンと茶碗を手に取る。白だしの香りがたまらなく食欲をそそる。一口食べると、醬油とだしの旨み、酒と塩の風味、そしてそれらをふんわりくるんだ卵が舌に強く主張した。

舌から脳天を駆けめぐった感動が、足先まで一気に衝撃を伴って走っていく。

オレ、ちゃんと味わえている。ちゃんと花の香りのように、いや、それ以上に……。

「おいしい」

つぶやくと、凪紗はうれしそうにはにかんだ。

こんなこと、これまで経験したことはなかった。

「オレ、食べ物でこんなにおいしいと思えたこと、はじめて……凪紗がつくってくれたからなんだね」

いつか凪紗は言っていた。愛を持っておいしくつくることは、愛を持っておいしく食べることと同等に尊いと。今のオレにはその意味がわかる。

「ありがとう、凪紗……」

目頭が熱くなって洟をすする。凪紗にティッシュペーパーを渡される。

「ちょっと、泣くほど？　ショウは案外、人に近づいてたりして」

「……だったらいいんだけど」

「よくないよ。ショウには私の赤い糸、ちゃんと結んでもらわなきゃ」

冗談めかした凪紗は、自分の茶碗におじやをよそった。

「でも、ショウにそんなに感動してもらえるなら、これからいくらでもつくっちゃうからね。じゃ、私もいただきまーす」

美しく両手を合わせると、ふうふう冷ましながら食べはじめた。

「ホントによかったの？　オレに手料理ふるまって」

「これ、手料理になるかな？」

「なるよ。すごく心がこもってる」

凪紗がすっきりとキレイな笑みを浮かべた。

「私がつくったもの、ショウと一緒に食べたいなあって、あの蒸しパンをつくってから思うようになったの。ひとりよりふたりで食べるほうがおいしいし、つくったものは誰かと味を共有したくなった。なにより、ショウに元気だしてもらいたいから」

スプーンですくったおじやを凪紗がまた、ふうふうする。

「私にできることって、これくらいしかなくて。ごめんね」

「そんなことない。ね、お代わりしていい？」

「もちろんだよ。底のほうにおこげあるから、よそってあげる」

それからオレたちは、鍋の中のおじやをたいらげた。


夕べオレが寝ている隙に、凪紗はネットで現地の情報を調べてくれていた。

「今日ってさ、持ち帰った仕事やらなきゃならないんじゃないの？」

「平気、会社で明日やる。所長にねちねち言われるかもだけど。優先順位は、ショウのお供のほうが上だもんね」

自信を持ってこたえる顔は凛々しくもある。出会ったころの彼女とは、あきらかにちがう。その瞳には強さが宿っている。凪紗を知ってから三ヶ月、彼女は生まれ変わりつつある。

オレたちは電車を乗り継いで、やや北の、海沿いの地に降り立った。

すぐさまペンション・サニーサイドに向かう。

駅から歩き、そうして今、目の前にはなつかしい、あの建物があった。白い壁に水色の屋根、まぎれもなく夏香ちゃんの育った家であり、その両親の営むペンションだ。

「凪紗はここで待ってて」

マスクをつけた凪紗を門のかたわらに置いて、オレは玄関へと進んだ。

心なしか太陽が遠くに感じる。凪紗と住む街よりも、いくぶん寒い。

深呼吸をひとつ。意を決して「こんにちは」、宿泊客用のドアを開けた。

「はーい」という声とともに、ひとりの女性が奥からでてきた。

夏香ちゃんの母親の留美子さんだ。オレを見るなり目をしばたたかせ、「ショウくん!?」、悲鳴をあげるように言った。

「すみません、今まで連絡もしないで」

頭を下げた。謝まることしかオレにはできない。

「あなた……あれから三ヶ月よ。どこでなにしてたの？　心配したんだから」

心配だって？　思いがけない言葉に頭をあげる。

「ねえ、拓海さーん！　ちょっと来てー！」

どこかはずんだ声で、留美子さんが奥へと呼びかける。

すぐに夏香ちゃんの父親がやってきた。

「ショウくんじゃないか！　よく帰ってきてくれたね。元気そうだ、よかった」

拓海さんは笑顔を浮かべ、オレの両肩にぽんぽんと手を置いた。そのまま両腕をさすられる。オレがちゃんと生きていることを確認するかのように。

「夏香ちゃんの事故のこと、ほんとうにすみませんでした。オレ、救ってあげられなくて……」

ふたりに深く頭を下げる。もっと早くこうしに来るべきだった。

「やめてよね、ショウくん。私たち、あなたがいなくなって反省したの。ね、拓海さん」

「そうだよ。あれから僕たちは何度も話しあった。きみが人になりたいという切実な願いを、結局はわかってあげていなかったって。ショウくんが自信を失くしていたのに、僕たちは娘のことばかりで……」

「そもそも、夏香を最初の事故から助けてくれたこと、もっと感謝しなきゃいけないのに」

ふたりの言葉に不自然さを感じながら頭を上げた。たった三ヶ月の時の流れが、ふたりをこんなにも穏やかにしたのか？

「夏香に会ってあげて。うちで介護してるのよ。来て」

「介護……あの、意識は？」

「それは大丈夫だけど、今は車椅子。リハビリさえがんばれば歩けるようになるのよ。でもね、本人にその意志がなくて。担当の方はいい人なのに、辛くてがんばれないって、ずっと拒否。さあ、入って」

留美子さんに手を引かれ、リビングに通される。

そこには車椅子の女の子がいた。窓辺を向いて、後ろ姿がシルエットになっている。

オレはその正面に回った。

肩までの髪が、海からの風にそよぐ。大きな黒目がちの瞳が、オレを捉える。

「……ショウ、くん……？」

「そうだよ、夏香ちゃん」

オレは夏香ちゃんの前にひざまずいた。

「ショウくん……もう会えないんだと思ってた……」

少女の声は、か細くて儚げだった。

「ごめん、ずっと来られないで。オレ、夏香ちゃんに会わせる顔がなくてさ」

夏香ちゃんの手に、そっと触れる。

「あのとき助けてあげられなくて、ほんとうにごめん！」

首を振って、夏香ちゃんはうつむいた。それから顔をあげると、涙を溜めた目が微笑んでいる。

「会いたかった！　よかった、ショウくんが来てくれて。あたしのこと怒ってるって思ってた……！」

ぽろぽろと涙をこぼしながら、精一杯の笑顔を見せてくれる。泣きながら笑うなんてこと、小学生の夏香ちゃんにオレがさせてしまっているんだ。

「怒ってなんかないよ。全然、怒ってない。ごめんね、夏香ちゃんが歩けないのはオレのせいだ。あの事故はオレのせいなんだ」

「ちがうの、あたしが悪いの。どうしてももう一度、ショウくんの魔法が見たかったの。だけどショウくんは、人間になりたかったんだよね……あたしばかだから、子どもだから、そういうのよくわかってなくて……」

「夏香！」

留美子さんが後ろから夏香ちゃんに抱きついた。

「あたしね、ショウくんのこと嫌いになんてなってないから。っていうか、あたしが嫌われたと思ってた……」

「そんなことない。嫌われたと思っていたのは、オレのほうだよ」

「だったら……いつでもこっち戻ってきてね。ごめんね、ショウくん、ごめんなさい」

「もう謝んなよ……嫌ってないし、怒ってない」

夏香ちゃんのまだ小さな手をにぎりしめながら、オレは涙を呑んだ。

窓の向こうからは波の音が聞こえていた。ここは変わっていない。

けれど、夏香ちゃんの足の自由をあの事故は奪ってしまった。それなら……。

オレは左耳のピアスに触れて一瞬目を閉じ、呼びかける。

「ねえ、夏香ちゃん」

少女はオレの声にこちらを見た。

「ゆっくりでいいから、少しずつリハビリやってみない？　焦ることはないから。少しずつ……ね？」

夏香ちゃんとリハビリをする気力を糸結びしようと念じたけれど、無謀なことだろうか。

本人と本人の意志の糸結びなんてやったことがない。それでもやってみないことには、どうにもならない。

「あたし、がんばれるかなあ……」

「やってみようよ、夏香。やってみないことには、なんにもはじまらないもの」

夏香ちゃんの頭を後ろからなでながら、留美子さんが力強く言う。

「オレさ、夏香ちゃんにまた歩けるようになってほしい。オレにはそういう魔法は使えないから、夏香ちゃんがその魔法を、みんなに見せて」

「あたしが、魔法を……？」

「そうだよ。人間はね、ときどき魔法使いになれるんだ。とびきり大きな奇跡を起こして、自分も周りも、笑顔になる。リハビリすれば歩けるようになるっていうのは、夏香ちゃんだから使える魔法だよ」

ティッシュで涙を拭いた夏香ちゃんが、潤んだ瞳でオレを見る。

「……なりたい。私、魔法使いになりたい……がんばってみよう……かな……うん。

それで歩けるようになったら、ショウくんに庭でお花を摘んで、プレゼントする！」

「ああ。楽しみにしてる」

「うん！」と、溌溂とした笑顔をオレに向けてくれた。

糸結びは効いたのかもしれなかった。

夏香ちゃんから離れた母親が、またしても泣き崩れているところに、誰かの気配がある。

「失礼します。オーナー、表にお客さまがいらしたので、おつれしました」

若い女性の声に振り返れば、その後ろには凪紗が立っていた。

「ごめん、ショウ。立ち聞きしちゃった」

つぶやくとマスクをはずし、はにかんだ彼女が会釈をする。

「あ……えっとオレが今、世話になってる人です。凪紗っていいます」

「あの、お邪魔します。すみません、と、とつぜん押しかけて」

本人が人と接することに苦手意識があるとしても、凪紗の微笑みにはあたたかみがある。拓海さんも留美子さんも、「いらっしゃい」、「よく来てくれたわ」と、にこやかに凪紗を迎え入れている。

凪紗は車椅子の前にしゃがんで、夏香ちゃんと目を合わせた。

「はじめまして、凪紗です。ショウは今、うちに居候してるの」

夏香ちゃんは凪紗を見た。にらむように、じろじろと。

ふいに凪紗をつれてきた若い女性の視線を感じた。ここのスタッフらしい。けれど、なんだろう……はじめて会った気がしない。

ポニーテールの黒い髪も黒い瞳も、馴染みがないのにオレと同じ匂いを感じる。

彼女を見ていれば、かすかにオレに頭を下げた。

「掃除の続き、してきますね。では、ごゆっくり」

部屋をでていく、その凜とした後ろ姿を目で追ううちに、遠い記憶がよみがえる。

――アヤメだ！　幼なじみで、一緒のコロニーにいた、あいつだ。

「あの子ね、彩実《あやみ》ちゃんていってうちのスタッフ。よく働いてくれるから助かるわ」

留美子さんがいえば、拓海さんがうなずいた。

「女の子同士だからね、夏香のこともよく気を利かせて世話してくれるんだ」

「ショウくんも、またうちで働いてほしいわ。あなたの部屋、そのままにしてあるのよ」

「でも、甘えてはいけないんです。オレ、夏香ちゃんの足の自由を奪ったのに」

「事故だったんだから仕方ない。すまなかった。ひどい言葉をかけてしまって」

「私もどうかしていたわ。ショウくん、ごめんなさい。事故後にすぐ救急車を呼んで、到着するまで介抱してくれたのは、ショウくんなのに」

「これまでずっと夏香を心配してくれて、ありがとう。前に言ったろ？　ショウくんは家族同然だって。あの気持ちは今も変わらないよ」

ふたりのあたたかな声に嘘はない。なのに、それを信じられない自分がいる。

リビングで紅茶をごちそうになって拓海さんたちの話を聞いたり、あれこれ今の暮らしを訊かれたりしているあいだじゅう、夏香ちゃんはだまったままだった。

遠い目で大人たちの話を聞き、ときどき窓の向こうの海をながめていた。

止まることを知らない波の音が絶え間なく聴こえる。

拓海さんと留美子さんに泊まっていくよう言われたものの、別れを告げた。

夏香ちゃんに「それじゃあね」と声をかけると、スプリングコートの袖をつかまれた。

「また会えるよね？」

「え、ああ……」

指きりで約束はできない。「じゃあ、夏香ちゃん」、無理に笑ってみせた。

「……あたし、魔法使いになってみせるから」

きっぱりと言ってくれた。

「頼もしいね。風邪引くなよ」

「うん……ばいばい！」

笑みを浮かべ、手を振ってくれる夏香ちゃんと別れて、凪紗と表へでる。

「凪紗、悪いんだけどちょっと待ってて」

うなずく凪紗から離れ、見つけたその姿に向かって歩いた。

「アヤメ！　久しぶりだね。どうしてここに？」

竹箒で庭を掃く、さっきの女性に声をかけた。

「わかっちゃった？」

はにかんで手を止めると、彩実と名乗っているそいつはオレに近づいてきた。

「ショウが困ってるんだから、あたしがなんとかしてあげなきゃね。小さいころから泣き虫だったもんね、あんた」

竹箒の先端に腕を乗せ、アヤメは涼やかな目でオレを見あげる。

「連絡もくれないで心配してたんだよ？」

「……使命を放棄したくなったんだ。それくらい、ショックな出来事があってさ」

「なーによ！」

すっとんきょうな声をあげたアヤメは、オレの背中をぽんと叩いた。

「相談してくれればよかったのに、水くさいなあ。あたしね、占っていたらショウのことがピンと来て。胸騒ぎがしたから、あんたの気配を追ったの。で、ここまで来たら大変なことになってるんだもん」

「もしかして、アヤメが拓海さんと留美子さんの心をオレに結んだのか？」

「もちろん。ショウへの赤い糸を結び直してあげちゃった。かなりこんがらがってたよ～？　ショウの赤い糸は見えないけど、人間のは見えるから、なんとかなった」

誇らしげに話されたものの、オレは複雑な心境だった。これは、オレが自力でどうにかしなければならない問題だ。

「なにその不服そうな顔は～。あたしが糸結びしたって、わからなかったくせに」

「わからないようにできるなんて、さすがアヤメだね」

「まあね。ここはあんたの、第二のふるさとみたいなところでしょ？　アシストできるところはするよ。でもね、夏香ちゃんの心は頑なで無理だった。あの子の笑った顔、一度も見たことなかったよ。あたしがどんなにがんばってもダメだったのに、ショウは一発で笑顔にしちゃうんだもんね」

「もっと早く来るべきだったな」

ため息をつくと、アヤメはニッタリ、笑みを浮かべた。

「やだな、辛気くさいなあ。過去は変えられないよ。夏香ちゃんはね、事故で歩けなくなってからずっと自分の世界に閉じこもって、いつも家の中から海を見てた。でもさ、これからはリハビリがんばってくれそうだよね。ショウのおかげで」

「リハビリすれば、また歩けるようになるんだよね？」

「お医者さんはそう言ってる。あんたがいてくれたら百人力だけど」

オレが、ここに……。頭がごちゃごちゃして話題を変えたくなる。

「アヤメさ、髪と目の色を変えてるの、どうして？」

「ウィッグとカラコンでさ、人のふりして暮らすのがあたしには合ってんの。オーナーたちにもあたしの力、バレてない。ショウもねえ、その髪じゃ目立つのに」

「オレ、自分を偽りたくないんだ」

「ヘンなところ真面目なんだから。そこがショウのいいところでもあるけどね」

アヤメは昔のまま、勝ち気な面影を宿している。

「借り、できちゃったな」

「そう思う？　なら、こっちに帰ってきな」

「オレがそばにいることで、もっとさ、夏香ちゃんの力になれたらね。けど……」

「けど、あの子のことが気になる？」

遠くの凪紗を見て、アヤメがささやく。庭の片隅の花壇の前に彼女はたたずんでいた。

コロニーをでるとき、アヤメは言っていた。オレの行く先には、死に近しいものが待つ。だけどその先に救われる出会いがある、と。

　オレを救ってくれたのは、凪紗なんだ。

「人とあたしらが恋愛で結ばれるわけないでしょ？　人に恋するなんてタブーだよ？」

　それは百も承知だ。凪紗の運命の赤い糸、その先が誰につながろうとしているのか、もう無視はできない。

「ショウ、あんたわかってる？　あたしら、ナギの使いだよ？　このままじゃヤバいよ？」

「んなことわかってるってば！」

「まさか本気なわけ？　そこまで本気であの子を好きなわけじゃないよね？」

「……さあね。とにかく、もう少し時間が必要なんだ。それじゃ」

「あ、ちょっと待って。夏香ちゃんの理学療法士さんから、糸結び完了のエネルギーを感じるの。しかも、ショウの仕業のね。廉くんて、覚えてる？」

「廉？　あいつが……そっか、元気なんだな」

　オレのバイト仲間だった廉が夏香ちゃんのリハビリを担当してくれているのか。すごい偶然、いや、これは必然だ。運命の赤い糸だ。

「生き生きと仕事してるよ。彼女との悲しい別れがあったんだね。強く伝わってくる」

この地にオレがいても、近くにいるはずの廉の嘆きを感じないということは、廉が立ち直れたということだろう。

「……あのさ。アヤメは廉と彼女の出会いに、意味はあったと思う？」

「それを悩んでたの？　あたりまえじゃん。意味のない出会いなんて、そんなのない。亡くなった彼女はね、今でも廉くんの心にちゃんと住んでる」

「いくら心に住んでたってさ、もう亡くなってるんだよ？　会えないんだよ？」

ムッとした表情のアヤメが、オレにデコピンした。

「痛っ！」

「ショウってばなに言ってんの？　それでもふたりは結ばれてる。この先、廉くんが出会うべきべつの人に出会ったら、そのときは糸が結ばれる先が変わることもあるかもしれない。でもね、廉くんは彼女に恥じないよう生きていくって、それを心の支えにがんばってる」

あの廉が、そこまで……。

「そう思えるまでは時間が必要だった。親友のショウがそばにいなかったことは、めちゃくちゃ辛かったと思うよ？　廉くんは彼女のほかにショウまで失くしたんだから」

そう、廉の悲しみが、あのころひしひしと伝わってきた。だからこそ……。

「廉の痛みが伝わって、こっちまで痛くて辛すぎて、寄り添うことを放棄したんだ。使命の意義を見失って、オレの存在意義までわからなくなって、自分自身のことで頭がいっぱいで、それで……」

「すべてを捨てて逃げだしたんだね？　おまけにそのあとで、ここからもショウは逃げた」

「ああ、そうだよ。弱いヤツなんだよ、オレは」

まわりの人たちを裏切って逃げることで、これまで自分をどうにか保ってきたんだ。

「でもさ、ショウ。ほんとうに弱いヤツはここに戻ってきたりしないよ。あんたのこと、いつでも待ってるから。廉くんだって、ショウに会えたら喜ぶ。廉くんの友情の糸はショウにつながりたがってるし」

「ありがとな、アヤメ。とりあえず今日はもう行くよ」

「うん。気をつけてね。また来るんだよ、必ずだよ？」

「ああ……それじゃあ」

オレは背を向け、凪紗のもとへ歩んだ。

「お待たせ。あいつ、オレの幼なじみで」

「そっか」

それ以上、訊いてはこなかった。

「ね、ショウ。この白い花、マーガレットだよね？」

真新しい鉢植えを凪紗が指さす。

「そうだよ」

マーガレットの花言葉には〝恋占い〟がある。

占わなくてもわかりきっていることもある。たとえばオレの、この恋のように。

「さて」、凪紗がこちらを向いた。にっこりと口角をあげて「帰りますか」とつぶやく。

帰る、それは凪紗と住むあのアパート。

ナルが営む花屋と、ロミさんと一緒に働くリュンヌのある、あの街角。

そうだ、凪紗のお気に入りの〝春キャベツの巻き巻き〟を、凪紗と一緒に味わいたい。キャベツの葉でタネを巻く作業を、秋良さんとやってみたい。

それでオレは……凪紗の恋を結べないままで、ほんとうにいいのか？

「……あのさ、凪紗」

首を傾げてみせるそのしぐさが、たまらなく愛しい。

「ありがとう、つきあってくれて」

「ううん」、にっこりと、マスクの上の目もとが笑った。

春先のまだ冷たい風を受け、マーガレットが少しだけ揺れている。

その揺れる様はオレ自身だ。自分に自信がなくて、ちょっとの風にも揺らいでしまう。使命を捨て、逃げて、またこうして揺れて道に迷っている。

これまでの凪紗もそうだった。揺らいで傷つきやすく、戸惑いから足を止め、もがいてまた揺らいでいた。

けれど凪紗に吹く風は今、追い風だ。自信を少しずつ手にしている。あの赤い糸がつながるべき彼が、目の前にいるから。

「いなくなったりしないでね」

ふいに、凪紗がそう言ってオレのコートの袖を引いた。その目は真剣だ。

「早く帰ろう」

オレは凪紗と手をつないで歩きだした。サナギから美しい蝶になった凪紗が飛び立ってしまう前に、オレはこの手に留めておきたい。

「ちょっと、手！　なんでつなぐの？」

「迷子にならないように」

離れたくなんかない。凪紗の糸を、あの人に結びたくなんかない。

この道が、いつまでも続けばいい。

6

もくもくベーコン

――ニゲラのさよなら包み

flower shop cafe
Lune

三月の終わり、雅輝さんからポストカードが届いた。

彼が勤めるガーデンの写真は、まるで静かな楽園を絵に描いたようだった。

群生した黄色いラッパ水仙の向こうに、ベンチと古びたレンガづくりの建物。異国を吹く風を感じる。


ありがとう、ごめん。


それだけ書かれた雅輝さんの文字は、やけになつかしくて泣けた。

「ありがとう、さよなら」

つぶやいて、ポストカードと例の〝結婚しました葉書〟をそっとゴミ箱に葬った。


明日、四月になると、私は社会人三年目に突入する。いっそのこと退職して別のことにチャレンジするのもいいかなと夢想しては、まだもう少しこのままがんばろうと思い直す日々の繰り返しだ。

三時からアルバイトの入っているショウと、成宮さんのお店への道すがら、ふたりで散歩をしている。

雅輝さんに知恵の輪を送ってから、私の失恋の痛みはようやくフェードアウトした。

「でもなんでショウとお花見なんだろ」

日曜の昼下がり、SL公園でぼやいた声が風に乗る。

真っ黒な機関車の上に、淡いピンクの桜の花びらが競うように咲いている。空は青くて、おだやかな春の陽射しはあたたかい。

「なんでって決まってるじゃん。そこに桜があるからだ」

「はいはい」

立ち止まって満開の桜を愛でる。メジロが蜜を吸った花びらが、はらはらと舞い落ちる。

すぐそばの梢からは、黒いネクタイをしたようなシジュウカラのさえずりが聞こえてくる。

ときはいつのまにか動いていた。

この公園で私はショウを拾った。あの冬の日から季節は移ろいだ。

「春だね。いい天気だなあ」

目を細めるショウの銀髪が陽射しにきらめいている。黒のカットソーとブラックジーンズが肌の白さを際立たせる。やっとできた、私の友だち。

「お、ツバメ!」

ショウの声に見あげると、青空を駆ける黒いブーメランがいた。

「帰ってきたんだね、ツバメ。春なんだね」

しみじみ言ってみると、ショウが両手を空に掲げた。

「いいそよ風……春分も過ぎたし、もうすぐ清明。すべてが清らかで輝かしいころだね。命のエネルギーを感じるとき」

そんなふうに二十四節気について、ショウは古風にもさらりと言ってしまえる。好奇心旺盛のくりくりの瞳を輝かせながら。

「そろそろ行こっか、ナルの店」

「え？　ああ、うん、行こう」

住宅街を歩く。ショウと見つけたこの遠回りの道には、ときどき庭先に真っ白の犬をつないでいるお宅がある。たぶんテリアの仲間で小さめでかわいくて、会えるのが楽しみだったりする。

「お！　今日もいた！」

犬を見てうれしそうに、わんこ系男子が駆けだした。くりっとした目に三角の耳をピンと立てた犬が、ウッドデッキの上でしっぽを振ってこちらを見ている。その姿はどこかショウに似ている。

「ばいばい」

手を振ったショウを見て、リードにつながれて仁王立ちの犬が「ワン！」と鳴いた。

この路地裏は花を愛でる人が多いらしく、庭先にはそれぞれ季節を彩る花たちの姿がある。冬には椿や山茶花だったけれど春が近づくにつれ、ロウバイや梅、ミモザなどが順々に花開いた。プランターにはアネモネが咲き、チューリップのつぼみがふくらんでいる。

「春って、こうして飲み歩きするのにもってこいの季節。この鉢植えだってもうすぐ咲くよ」

ショウが指を差したお宅の門柱のわきには鉢植えがあった。私の胸の高さほどに緑が茂っている。細くしなやかな蔓がトレリスに絡み、無数の赤っぽくて細長い小さなつぼみをつけている。

「なにこれ」

「ハゴロモジャスミン。甘くてうまい香りだよ。つぼみがつんつん、空に向かってるでしょ？」

「ほとんど上向きだよね」

「だからつぼみの花言葉は〝上を向いて生きよう〟とか〝チャンスをつかめ〟」

「それ、ホント？」

「いえいえ、あてずっぽうです」

「もーっ！」

唇をとがらせると、ショウははにかんだ。

「でもさ、そんなふうにいろいろ思わせてくれる、花にあふれる春がオレはいちばん好きだな」

「だね。私も春がいちばん好き」

そう言ったところで、そうだったかなと疑問に思った。夏になれば夏が好きだと思うし、秋も冬もそうだったはず。とにかく、今がいちばん好き、そう自然と感じる自分は前より少し明るくなれた気がする。

それでもマスクは手放せない。ぽかぽか陽気のこんな日にはマスクをしていると汗ばんだりもするけれど、私には大切なものだから、はずすことはできない。

私たちはゆっくり歩いて成宮さんのお店、ペタルにやってきた。

女性客の応対をしていた成宮さんが、こちらを向いて「いらっしゃい」と、微笑んだ。

「でもあたし、赤いアリストロメリアはあんまり好きじゃないの」

「友梨佳《ゆりか》さん、この赤は苦手でしたか」

すぐに接客に戻った成宮さんの声が耳に入る。常連さんのようだ。成宮さんより少し年上に見える。ちょっと派手なタイプのお姉さん。

「うーん、ねえ、ナル。やっぱり赤じゃなくて濃いピンク系とかがいいかな」

「では、こちらのトルコキキョウをメインでいかがでしょう？　八重咲きの赤紫ですから、友梨佳さんらしい華やかさがありますよ」

「あたしらしい？　じゃあ、それにするわ。今回は玄関に飾ろうと思って」

「では、三方見のアレンジでおつくりしますね。後ほどお届けします」

「お願いね」

ふわふわの長い髪に金色のピアスの揺れる彼女が、成宮さんと話す姿は絵になっていた。ふたりともなんというか、おしゃれでカッコいい、別世界の住人だ。

ここにはたくさんのお客さんが来る。成宮さんが目当ての人だっていないとも限らない。私はただのお客さんのひとりだ。その他おおぜいの中に埋もれるだけの、モブ。

しかも奥で作業をしている新しいアルバイトさんらしき人は、はきはきしたキレイ系の女性で、成宮さんの好みのタイプかもしれないなんて疑心暗鬼になってしまう。

お客の彼女が成宮さんと笑う。ピンク色のワンピースがやたらとまぶしい。私の、ジーンズにスニーカーというスタイルはカジュアルすぎたんじゃないだろうか。

彼女の華やかな笑い声に、心が窮屈になる。今すぐデパートで服をさがして着替えたい衝動にかられる。

――ぽん。

ショウに背中を叩かれた。見あげると、やんわりとした表情。

「凪紗は凪紗だって。誰かと比べたりしなくていいんだよ。なにも恥じることなんてない」

ショウにはお見通しなんだ。ほしい言葉をこうしてちゃんとかけてくれる。だけど言い当てられて、ちょっと居心地が悪い。

「べつに、そんなこと思ってないし」

「ムキになっちゃって、かわいくないのー」

そのとき私たちのわきを、成宮さんが応対していた女性客が通った。香水がキツく香る。

「じゃあね、ナル」

甘ったるい声で、成宮さんに手を振った。

「友梨佳さん、また。ありがとうございました！」

にこにこした成宮さんは、ドアからでていく彼女をいつまでも見送っている。

手を離れて飛んでいった風船。すぐに消えてしまう虹。どうしたって手の届かないものはある。それだけのことだ。

「いらっしゃいませ。いつもどうもね」

成宮さんが声をかけてくれた。

その笑顔は、私だからくれるわけじゃない。ただの営業スマイルを勘ちがいしてはいけない。きゅっと、身が硬くなる。

「もうね、めちゃめちゃ忙しくて。卒業式が終わったかと思えばすぐに送別会ラッシュ。あ、季絵《きえ》さーん、あとであれ、配達お願いしまーす」

成宮さんが新人アルバイトさんらしき女性に声をかけ、アレンジを指さす。

「リョーカイです！」

「あ、冴子さん、いってらっしゃい」

「ナル、あとよろしくね。いらっしゃいませ～」

事務室から現れた冴子さんというおだんごヘアの小柄な女性が、私たちに笑顔を向けて表へでていった。あの人が秋良さんの幼なじみで、花の仕入れと経理担当なんだ。ずっと謎めいていた人に会えてうれしいものの、そのかわいらしい雰囲気に嫉妬すら芽生えてしまう。

「忙しいところごめん」

ショウが頭を下げると、成宮さんは「いえいえ」とはにかんでみせた。

「この先は入学式を乗り切れば、母の日までは穏やかな日になるかな」

「母の日かあ。やっぱカーネーションが主流なの？」

訊いたショウに「まあね」とこたえた成宮さんは、

「紫陽花の鉢植えも人気だよ。プリザーブドフラワーもよくでるね。僕がつくってるんだ」

ほら、と、棚を指し示す。赤やピンクのバラを主体に、紫陽花や鳥の羽なども加えたデザインがとってもかわいい。

「でも、プリじゃ匂わないからなあ」

「ソープフラワーもあります。ほんのり石鹸の香りがするよ」

成宮さんがカラフルな造花のアレンジメントの置かれた棚を示した。

「けどなあ、本物の花には敵わないんだよなあ」

「ねえ、ショウ。あのピンクがかったオレンジ系のチューリップ、かわいくない？八重咲きの」

私はキーパーの中を指さした。

「お、いいねえ！　ナル、あのチューリップ、おいしそうだから三本ください」

「リョーカイ。おいしそうなんておもしろい表現するね」

成宮さんが三本のチューリップを取りだし、持ち帰る用意をしてくれる。

「ショウは食いしん坊だから。でも私も、なんとなくわかります」

「素敵ですね、そういう感性」

ほがらかな成宮さんに、ショウがお会計をすませる。

「店長、配達行ってきますね」

「ああ、お願いします」

アルバイトの女性がでていくと、お店は私たちだけになった。

「凪紗、オレそろそろバイト行くわ」

「あ、そのチューリップ、持って帰ろうか？」

「いや、いいよ。オレの休憩時間の癒やしにする」

「それじゃあ、私は帰るね」

ショウにそう言って、私は成宮さんに「じゃ、また」と会釈をした。休日の心休まるお散歩も、あとは帰るだけだ。

「あの、ちょっと待って」

成宮さんに呼び止められる。奥の作業場に引っこんだ彼は、スパイラルにまとめたピンク色のブーケを抱えて現れた。

「凪紗さん、これ。よかったー、ショウくんが今日、凪紗さんをつれてきてくれるって言ってたから、用意しといたんだ」

どういうわけか、私に差しだしている。

「お誕生日おめでとう」

「え？　なんで、え？　知ってたんですか？」

そう、今日は私の誕生日。お客さんの誕生日には、こうしてみんなにサプライズでプレゼントをあげていたりするのだろうか。

「ショウくんがね、教えてくれたんです。だから凪紗さんの誕生日、お祝いしたくて。はい、どうぞ」

受け取ったブーケはずっしりと重い。その存在感とサプライズに胸がじんとする。さまざまなピンク色の花たちは種類がちがってもみな、やさしげな印象で私を和ませてくれる。こんなにも素敵なブーケを、それも成宮さんからもらえるなんて。

「あ……ありがとうございます！　すごい……かわいいブーケ、すごくうれしい！」

お祝いしようと思ってくれる、その気持ちが素直にありがたい。

成宮さんが微笑んで頭の後ろに手をやる。それは照れたときの癖だと私は知っている。

「あ……じゃあ、オレはバイト行ってくるから」

おずおずとショウが割って入った。

「ショウ、誕生日のこと、ありがとね」

小声でささやくと、わんこ系男子は私にウィンクしてみせた。

そんな彼に成宮さんが手を振る。

「ショウくん、バイトがんばってね」

「どーもです！」

花屋カフェ・リュンヌとお花屋さんを仕切っているウンベラータをすり抜けて、ショウは隣へと行ってしまった。

「そのブーケ……」

成宮さんが口ごもる。

「凪紗さんのイメージでまとめてみたんです。花言葉は調べてないけど」

「私のイメージ？」

ピンク色の花でまとめたラウンドのブーケ。淡いピンク色のガーベラがメインになっている。ふわふわのドレスの裾のような、うすいピンク色のバラも入っている。それからレモンリーフ、白い小花のマトリカリアなども。

なんて明るくやさしい花たちだろう。私のイメージなんて、うれしい、うれしすぎる。自分では重たいグレーだと思っていたから。

「凪紗さんは、やさしげで芯がしっかりしてるイメージ」

そうつぶやいて顔を赤らめた成宮さんは、またもや頭の後ろに手をやった。

「今夜、夕飯でもって思ったんだけどね、僕、遅番で……」

「あ、いえいえ、全然大丈夫です！　はい、お気持ちだけで！」

「……って、ブーケ、迷惑だったかな？」

「そんな、そんなことないです！　とってもうれしいです、ありがとうございます！」

「よかった～」

和やかな空気が流れたのもつかの間、ドアが開くと成宮さんは「いらっしゃいませ！」と、すぐさま反応した。女性客がふたり入ってきたところだ。

「ああ、亜美《あみ》ちゃんと奈央《なお》ちゃん！　こんにちは」

「こんにちは～。ナル、このあいだはかわいいブーケありがとね」

「奈央、すごく喜んでたよね」

「だって、めちゃくちゃ私の好みなんだもん」

店内が急に華やぐ。そのキラキラした雰囲気に、私はおじけづく。

「喜んでいただけてよかったです！　いつもありがとうございます」

「ねえ、ナル。またお隣にこんど飲みにいこうよ」

「あ……はい」

きゃぴきゃぴと騒ぐ女性客に、成宮さんがメガネの奥の目を細めて応対している。

「あの、それじゃ、私はこれで……」

この場にいたくない。これ以上、誰かに笑いかける成宮さんを見たくない。

「あ、凪紗さん、また！」

成宮さんの言葉にはこたえず、ドアを開けて表へでた。

素敵なブーケをいただいて、私は確実に舞いあがっていた。あの女性客たちが来るまでは。

彼女たちが来たことで、結局、私なんてその他おおぜいのお客さんのひとりにすぎないと思い知った。

私は成宮さんと出会ってしまった。心が揺れてしまった。だけど、信じてつかんだと思った手を離されるのはもうこりごり。

思えばショウと出会っていなかったら、成宮さんにも出会うことはなかった。

あの冬の日、私はショウを拾った。私があのとき公園にいたのは、たまたまだった。私が雅輝さんのことを悶々と考えていなかったら、あのとき公園に行くことはなかった。

それはつまり雅輝さんと出会い、つきあっていなかったら、ポストカードを送られて二度目の失恋のどん底にいなかったら、ショウとも出会えていなかったということ。

いつもひとりで殻に閉じこもっていた私がショウと出会ったことで、どんどん新しいことに接するようになったのも、偶然がもたらした出来事……。

「偶然てのは、人の縁が引き寄せる必然だからな」

思っていたことを話すと、アルバイトから帰宅したショウがもっともらしく返した。

「そうだよね、うわっ！」

とたんに外がピカッと光り、大きな雷鳴が轟いた。

「春雷だね」

ショウは窓の向こうをながめながら春物のブルーのコートを脱いだ。

「七十二候で今ごろを〝雷乃発声《かみなりすなわちこえをはっす》〟っていうんだよ」

「暦どおりの雷ってこと？」

「そうだね」

雅輝さんが知らないとしても、事実、私とショウはこうしてつながった。そして成宮さんとも。そこのところは雅輝さんに感謝しないとならない。

人は、思いもよらないところで、誰かと誰かをつなぐ橋わたしをしているのだろう。


日曜の次は月曜だ。しかも今日は、新年度初日。

そんなはじまりの日に、機嫌の悪かった所長にあらぬとばっちりで怒られた。おまけに残業で遅くなり、今夜はもう夕飯をつくる気力がまったくない。飲みたい気分だ。

こういう日はショウと出会うまではコンビニのお世話になっていたけれど、今の私には気兼ねなく立ち寄れる場所がある。

「こんばんは」

ドアを開ける。午後八時半、花屋カフェ・リュンヌを訪れた。

「いらっしゃい、凪紗ちゃん」

マスターの秋良さんが迎えてくれた。今日も小花柄のシャツを着ている。

「こ、こんばんは。マスクしてても、私ってわかりますか？」

「そりゃわかるよ。髪ばっさり切ったときには、さすがにわかんなかったけど。ひとり？」

「はい」

「こちらどうぞ」

案内されたカウンター席にスプリングコートを脱いで座る。目の前におしぼりとメニューを置いてくれた。この時間でも月曜だからか、それほど混んではいなかった。

「昨日、ナルといい感じだったね～。花束もらってたでしょ？」

秋良さんの言葉にびっくりしてしまう。

「照れないでもいいのに。つきあうことにしたんでしょ？　ナルにもやっと春が来たか」

いや、そんなんじゃない。誕生日にブーケをいただいたけれど。

つきあおうとか好きだとか、そういう話になっていないどころか連絡先すら知らない。

「べ、べつに私たち、そういうんじゃないですよ。成宮さんはお客さんに人気ありますし。わざわざ私なんか……」

「でも凪紗ちゃん、ナルのこと好きだよね？」

「そ、そんなことは！」

「またまた～。ナル、隣で働いてるのに、今夜はあいさつに行かないでいいの？」

「べつに、向こうはお仕事中だし……」

「秋良さん、凪紗ちゃんが困ってますよ？　こういうのは、生あたたかく見守らないとね」

助け船をだしてくれたのはロミさんだった。にっと口角を上げると、カクテルの載ったトレイを手にテーブル席へと行ってしまった。

私の目の前のオープンキッチンの中では、黒シャツを腕まくりしたショウが料理をつくっていた。凛としたたたずまいで、孤高の美しさを感じる。

いつもとちがって大人びて見えるショウの前にいるのは、なんとなく恥ずかしい。おまけに秋良さんとの話を聞かれたくない。

「俺はチャップリンの映画が好きなんだけど」

突然の秋良さんの告白に、きょとんとしてしまう。

「あの無声映画の、口ひげの？」

ど。

「そう、そのチャップリン」

それで秋良さんも鼻の下に口ひげを生やしているのかもしれない。形はちがうけれど。

「彼はいくつも名言を残していてね、こんな言葉がある。〝Imagination means nothing without doing――行動を伴わない想像力は、なんの意味も持たない〟ってね」

「……はあ」

「つまり、〝大好き、つきあいたい、一緒にあれもこれもしたい〟って相手を想っているだけで、なんにも行動を起こさなければ、その想像力には意味がない、ってことなんだよ」

「秋良さん。それが凪紗とどういう関係が？」

不機嫌そうな声は、目の前のオープンキッチンにいるショウだった。心なしか眉がつりあがっている。

「俺はね、もっと行動してみなさい、って言いたいの。歯がゆいよ、もどかしいんだよ、凪紗ちゃんとナルを見てると。それともあれなの？　ショウも交えて三角関係なの？」

にやにやして、私とショウを交互に見る。

「秋良さん、楽しんでますよね？」

またしても、ショウの攻撃。

「そりゃあそうでしょう」

秋良さん、しれっと反撃。

「三番テーブル、〝きのことチーズの熱々炒め〟、あがりました！　熱いうちに持ってってください！」

「はい、サンキュー。ショウは人使いが荒いなあ」

ぶつぶつ言って、秋良さんがテーブル席に料理を運びにいく。そのままそこのお客さんと楽しげに話しはじめた。

「凪紗、おつかれ」

ショウに声をかけられる。

「ショウも、おつかれさま」

「さっきの秋良さんの言葉さ」

キッチンの中で手を動かしながら、ショウが言う。

「想像と行動がどうの、っていうの？」

「それ。オレにも当てはまるなあって」

ショウに当てはまる？　想うだけで行動に起こせないって……。

「もしかしてショウ、それって夏香ちゃんのことだったりする？」

「それだけじゃない。いろいろね」

それきり口をつぐんでしまった。ショウは私に言えない闇を、まだ抱えている。だけど私にそれを語ることはないのかもしれない。私を守ってくれようとする、ショウだからこそ。

やがてニンニクのいい香りと、じゅうじゅうといい音が聞こえはじめた。料理をつくる手際の良さに見とれてしまう。

「凪紗ちゃん、オーダー決まった？」

ロミさんがかたわらにやってきたから、あわててメニューを手に取る。

「んーと……カクテルが飲みたいんです。おすすめって、ありますか？」

「そうだね、春だし、桜のカクテルなんてどう？　桜のリキュールを使った、自分のオリジナル。日本酒もちょっと入ってるよ」

「桜のカクテル！　素敵ですね。それにしたいです」

「リョーカイ！　キレイな色だから元気がでるかもよ？」

明るく言い残したロミさんはバーコーナーに向かった。元気がでる？　私が元気ないって、気づいていたんだろうか。

ほどなくしてロミさんがシェーカーを振る音が聴こえてきた。

——こつこつしゃかしゃかしゃかしゃか。

この音がすごく好きだ。大人だけが味わえる、おいしいものが生まれる音。

できあがったカクテルは、逆三角形のカクテルグラスに入った、目の覚めるような透き通ったピンク色。桜の花も飾られている。

「桜しずく、って名前にしてみた。浮かんでるのは、桜の花の塩漬けを塩抜きしたもの。さ、どうぞ」

「すごくキレイですね、桜色！　いただきます」

カクテルグラスからこぼさないように、そっと口をつける。どことなく桜もちを連想させる風味と、日本酒がほんのり感じられた。甘くてとても飲みやすい。

ショウと見た、満開の桜を思いだす。来年もショウとあの公園で一緒にお花見がしたい。青い空に泳ぐ桜色の花びらを、ショウとふたりでながめたい。いろいろな蘊蓄を聞きながら。

ロミさんのカクテルで仕事の疲れが癒やされていく。明日もがんばるしかないという、活力が生まれてくる。この場所に出会えてほんとうによかったと、つくづく思う。

ショウのつくる料理も味わい、心もお腹も満たされた帰りがけ、ウンベラータの向こうに成宮さんの姿が見えた。だけど、声をかける勇気はない。二度と傷つきたくはない。

やがて、桜は散って若葉がでてきた。初夏を思わせる陽気の日もある。

フラワーショップ・ペタルからは足が遠ざかっていた。成宮さんと、あれきり向きあっていない。

いつもと同じ日々の繰り返しが続いていた。今年度、うちの部署に新入社員は配属されない。いよいよAI導入の前触れ、人員削減の序章だと女性社員たちは戦々恐々としている。

二年目になった元新人さんに教えながら残業をして、会社をでたのは夜七時過ぎ。

ショウはアルバイト先のリュンヌが定休日だから、部屋の掃除をしてくれているはずだ。

疲れているけれど、お礼に夕食をつくってあげたいと思い、食材を買ってアパートに着くとショウがいない。

ダイニングのテーブルの上に、書き置きがあった。

ロミさんの実家に行ってくる

ここから車で三十分くらいのところで、広い庭には柚子や月桂樹の木もハーブもあると、ロミさんから聞いたことがある。

私のことも誘ってくれたらよかったのに。

簡単に、じゃこのチャーハンをつくってひとりで食べ、シャワーを浴びて寝ようとしていると、ロミさんの車で送られてショウが帰ってきた。

「おかえり……っ!?　どうしたの、すごい煙の臭い！」

「ただいまあ。頭のてっぺんから、もくもくいぶされたからなあ」

「ロミさんの家でなにかしたの？　バーベキューとか？」

「ん、そんなもん。夕飯、ロミさんの両親にごちそうになっちゃった、寿司」

「いいなあ、私も行きたかった。なんで誘ってくれないのー」

ずるい、いいなあと、駄々をこねてしまう。

「今日はちょっとナイショで行きたかったんだよね」

「なんで？」

「なんでも。風呂入らせて。おやすみー」

そう言って、お風呂に急いで行ってしまった。

次の日、キッチンからいい匂いがして、目覚ましアラームより先に起きだした。

私の朝ごはんはサプリメントを卒業し、トーストとベーコンに、ミニトマトやレタス、そしてときには目玉焼きをつくるようになっていた。それに、野菜ジュース。

そのぶん早起きが大変ではあるけれど、ショウと暮らしているという少しの緊張感が、私を怠惰にはさせないのだ。

今日はショウも早く目覚めたらしく、野菜スープをつくっていた。ショウは朝ごはんを食べることはないのに。

「おはよー、凪紗。朝めしつくってるから、食べてってってね」

私のために？　うそ、うれしい！

「なんていい朝、いい日になりそう！　ありがとう」

ショウの朝食づくりに便乗しよう。目玉焼きでもつくろうと冷蔵庫を開けると。

開封厳禁　持ち出し禁止

そう書いた紙の貼られた容器がある。またた。先週からこの貼り紙の容器が冷蔵庫に入っている。だけど今朝は容器が変わっているような。

「これ、なに？」

「じゃーん！　自家製ベーコンだよ。昨日、ロミさんちでつくらせてもらった」

ショウが蓋を開けて見せてくれた。照りのある、大きな肉の塊。

「ベーコン！　これをつくりに行ってたの？　手づくりできるの？　どうやって？」

「一週間、豚肉を塩水漬けにして、この冷蔵庫で寝かせてたの知らない？」

「なにかあるのは知ってたけど、開封厳禁って書いてあったから、得体の知れないショウのおやつかと思ってた」

「それが豚肉の塊だったんだよね。バラ肉だと脂が多すぎて凪紗が気にすると思って、肩ロースにしてみた」

得意げにはにかむ。

「私のためにつくってくれたの？」

「そりゃそうでしょう。オレは食べなくても平気なんだから」

胸が熱くなった。野菜スープに自家製ベーコン。こんなことってはじめてだ。ショウはうちで料理をしたことはない。

「ベーコン、塩抜きしてロミさんの実家で燻製にしたんだ、ふたりで。もくもくすごい煙だったよ。桜のスモークウッドやオニグルミのスモークチップのほかにさ、照りがでるようにざらめも使ったんだ」

「すごい……ありがとう！　これってもう食べられる？」

「もちろん。焼いて食べよう。ちなみにさ、オレがベーコンつくりたいって言ったら、ロミさんがついでにバラ肉でリュンヌ用にもって。今夜のおすすめメニューになるよ」

ショウは慣れた手つきでベーコンをスライスした。

「凪紗は座って待ってて」

私はわくわくした気持ちで椅子に座り、ショウが朝ごはんの用意をするのを見守った。

ふいに、香ばしい匂いとパチパチとした音。ベーコンが焼けていく。トースターがチンと鳴り、パンが焼けた。

「さ、どうぞ」

ショウがだしてくれたものはベーコンエッグだった。

「おいしそう！　いただきまーす」

手を合わせてつぶやく。ベーコンが四枚ダイヤ型に敷かれている。その真ん中に、ひとつ目の目玉焼きがある。

まずはベーコンをいただく。

「あ、ものすごく燻製の香り……でも、手づくりのあったかい味がする。売ってるのとは全然ちがう！」

「そう?」

「うん! 塩加減もちょうどいいし……なんだろう、噛むほどに深い味わい」

「塩水に漬けるとき、月桂樹とタイムとローズマリーも入れたんだ。ロミさんから実家で採れたのをもらってさ」

「ロミさん大活躍だね。すっごく仲よくなったんだね」

うれしいなあと思いつつ、次に目玉焼きにショウがだしてくれた新しいお醤油を少しかけて、箸で割ってみた。口に運んで咀嚼する。飲みこむと、喉まで喜んでいるようだった。

「ほどよく半熟! すごくおいしい。目玉焼きもベーコンも、おいしい!」

「おいしい?」

「うん、とっても! それに、なにこのお醤油。だしが利いてて、旨みぎっしり」

「ロミさんの地元の醤油だって。おみやげにロミさんのご両親からいただいた」

「すっかりお世話になっちゃったね。おかげで贅沢な朝ごはん。ショウの手づくり野菜スープと、グリーンサラダまであるし! ショウの分は?」

「オレは花でいい。ベーコンは半分ロミさんにあげたけど、冷蔵庫にある分は好きに使っていいよ」

「うん。パスタとかつくって、ショウにごちそうしちゃうから。ホント、ありがとうね」

「どういたしまして」

微笑んで返してくれた。

朝ごはんの片づけをしてアパートをでた。ショウと駅まで歩く。私は会社へ、ショウはリュンヌでの早番のアルバイト前に散歩がしたいそうだ。

春の陽気に心浮かれたのか、一緒に歩こうと言ったのはショウだった。私にしても今朝は早起きをしたからまだ時間に余裕があった。

「ナルからもらったあの花束、あれだけはオレ、香りを飲まなかったんだよ」

「あの誕生日の、ピンク色のラウンドブーケ？」

「うん。あと、想いのこもっていそうな赤バラも。えらいでしょ？」

首をかしげて、私の顔をのぞきこむ。子犬がおやつをねだっているみたいだ。

「べつに、飲んでもらってもよかったのに」

「そ？　凪紗さ、いっそお花屋さんに永久就職ってのはいかがですか？」

「ちょっと、焚きつけないでよね」

反論したものの、成宮さんのことはともかく、お花屋さんに転職というのは悪くない。悪くないどころか、かなり惹かれる。

「フラワーアレンジメント、習ってみようかな。手に職つけて、お花を仕事にするのもいいよね」

「うん、いいと思うよ。うまくいくんだ。

ショウが言うからにはそうなんだ。きっと私は、今の仕事を辞めてもうまくいく。

ショウが背中を押してくれる限り、私は大丈夫だ。応援してくれる人がいることは心強い。だからこそ先を見据えて歩くことができる。

ふいに視線が気になった。その顔が、ほころんでいる。

「なんか言った？」

ぼそりと言った声は小さくて聞き取れない。

「ベーつに」

ショウは碧みがかった瞳で私を見ると、「手をだして」とささやいた。

ＳＬ公園の前で足を止め、右手をさしだす。緑色の葉を一枚、てのひらに載せてくれた。

「これは？」

「ナギの木の葉っぱ」

「ショウのふるさとの木？」

「そうだよ」

ショウは私の右手に自分の左手を重ねて、ナギの葉をはさんだ。

「目を閉じて」

言われたとおりにすると、ショウの額が私の額にぴたりとついた。

そのとたん、春なのに蟬の声が聞こえてきた。カナカナカナとヒグラシが鳴く。

傾いた夏の陽射しを頰に感じると、やがてまぶたの向こうの暗闇に、見慣れない並木道が現れた。

向こうに鳥居が見えるから参道らしい。そのコンクリートの鳥居をくぐると、小さな神社が見えた。

拝殿の手前では、一本の大きな木が葉を茂らせている。太い幹にしめ縄の張られたこの木こそ、ショウのふるさとのナギの木だろう。

そこにたったひとり、拝殿に向きあう男性がいた。

私の視点は、ふいにその人の正面に回る。

――まさか、こんなことって。

鈴を鳴らした男性は二礼二拍手をすると、声をだして願いはじめた。

『この近くで単身赴任をしている佐々木です。ご神木の偉大さに心動かされました。どうか下の子が、無事に生まれてきますように。お守りください』

ぶつぶつ言っているのに、はっきりと耳に届く。

『その子の名前に、ご神木から〝ナギ〟をください。神さまにいつでも守られているように。ああ、でも〝梛〟の字は難しいので……〝ナギ〟を、海の〝凪〟にしてもよろしいでしょうか』

必死になってつぶやく人は、大好きなやさしいあの父だった。記憶の中の父よりも、少し若い。

『凪いだ穏やかな海のように、こちらのご神木のように、やさしくおおらかでしなやかな人になれるように、凪紗と名づけます。男の子でも、女の子でも……どうか凪紗が健やかに育ちますように。そしていつか凪紗が大きくなったとき、今日のここでのことを話します……とにかく。春になったら、生まれてくるんです！』

父は社を見つめ、輝かしい表情を浮かべている。

私の名前は、ナギの木からきていたんだ。それも、ショウの命のナギの木から。

——お父さん。

私は心で必死に呼びかけた。

お父さんの顔も声も、忘れそうになっていてごめんなさい。会いたかった。ずっと会いたかったよ。

あのね、私は今まで、自分に自信がなかった。自分にはなんにもないって思っていた。

だけど名前がある。お父さんが考えてくれた、素敵な名前があるんだよね。

ありがとう、お父さん。

私は、凪紗は元気にやってるよ。お父さん、会えてうれしいよ……。

閉じた目の中に見えるなつかしいその顔を、私は胸に焼きつけた。

「凪紗。帰っておいで」

おだやかな声にゆっくり目を開くと、涙がこぼれ落ちた。

声の主に訊いてみる。

「ショウは知ってたの？　私の名前のこと」

私からゆっくりと離れ、あたたかく笑う。

「今知ったよ。凪紗のお父さんがよくあの神社を参拝してたことは、生まれる前の記憶にあったんだ。だから会わせてあげたかった。オレには自分の糸は見えないけど……オレたちさ、赤い糸で結ばれているのかも」

「私が生まれる前から、ご縁があったんだもんね。きっとそう。種族を超えた、友情の赤い糸で結ばれてるよ」

「だよね。うん、友情……」

うなずいたショウが、私を見る。

「凪紗が大きくなったら名前の由来を打ち明けるっていうのはさ。神さまとの秘密にしておきたかったんじゃないかな。秘密を守れば健やかに育つっていう願掛けもあったのかも」

「そっか、そうかもね……」

うれしかった。時を超えてお父さんに会えた。名前の秘密もわかった。

「オレにできるのはこれくらいだけどね。それじゃ仕事、ほどほどにがんばってね。いってらっしゃい」

「うん、いってきます。ほんとうに、ありがとう」

私たちは、手を振りあって別れた。まるで今生の別れのように、おおげさなほどに。

通勤のサラリーマンやOLたちの波に飲まれ、ショウの姿はやがて見えなくなった。

父が伝えられなかった、私の名前の由来。大切なことをショウは教えてくれた。そんなふうにショウはいつだって、新しいドアを開けて見せてくれる。そうやって思い出をつくってくれる。

たとえばポインセチアの思い出は、かつては雅輝さんだったけれど、今ではショウに塗り替えられた。スイートピーはロミさんを、赤いバラは成宮さんを思いだす。

これからもショウは私にたくさんの世界を見せてくれるだろう。そして花は誰かとの記憶に通じていく。花は記憶を、笑顔をつくる、名バイプレーヤーだ。

そういう花に囲まれた仕事を、私はしてみたい。ゼロから修行して何年かかるかわからない。それでも、誰かの笑顔のお手伝いをしたい。成宮さんのように。

電車に揺られながら、そんなことを考えた。

今日は早番のショウのために残業をしないで帰ろう。一緒にあのベーコンで夕食をつくろう。おいしいものを一緒に食べて、ありがとうって、また伝えよう。

そう思って会社での一日をやり過ごした。

午後七時過ぎ、歩く私の髪を心地のよい春風がなでていく。もっと風を感じたいから、思いきってマスクをはずし、アパートへ向かう。

ドアを開けると暗がりにショウが立っていた。

電気もつけず、街灯の明かりでシルエットになっている。

「ちょっと！　びっくりするじゃない。電気もつけないで」

照明のスイッチに伸ばそうとした手を、ぐいっとつかまれる。

「明るいところで凪紗を見たら、オレ、もうダメだと思うから」

「……どうしたの？」

「これ」

花束を渡された。外からの明かりに浮かびあがるのは、何本も束ねられた直径四センチほどの八重の青い花。

「すごくかわいいね。ありがとう」

鳥の巣を思わせる糸のように細い緑色の葉が、青い花を掲げている。繊細な芸術作品のようだ。だけど青いのは、ポインセチアのようにガクという可能性もある。

「ねえ、これ、なんていう花……っ!?」

抱き寄せられた。ぎゅうっと。ショウに抱きしめられるのは、はじめてじゃない。だけど今夜のショウはどこかおかしい。

泣いている。ショウが私を抱いたまま、静かに泣いている。

私は花束を持った右手をショウの背中に回した。そうして左手も。

なんて大きな背中。なんてあったかいんだろう。ショウの息遣いが聞こえる。

「……人魚姫と、おんなじなんだ」

「人魚姫?」

「海の泡となった人魚姫みたいに、ナギの使いは風に溶けるんだよ」

なにを言っているんだろう。どうしてそんな話を?

「恋をした人間の糸結びを完了させるには、ナギの使いの想いを断ち切るしかなくて……じゃないと、ナギの使いの想いが、ふたりをどんどん不器用にさせる」

ショウの言っている意味がわからない。

「どういうこと?」

もしかして、ショウが私のことを？　まさか。

「凪紗の恋を成就させるためにはね……うん、まあね」

そっと離れたショウは、思いつめたような顔で私を見る。

私のために、なにかをしようとしている？

「ちょっと、やだよ……あのね、私の恋なんて叶わなくたって、そんなのどうだっていいんだから！」

静かに頭を横に振って、ショウは笑みを浮かべてみせた。

「凪紗には幸せになってほしい」

「ショウといることだって私の幸せだよ？　なんで、どうしてわかってくれないの？」

「オレはナギの使い。糸結びをしてこそ、オレの存在意義があるんだ」

「そんな、カッコつけないでよ。もうさ、ショウはナギの使いでも人でもなくて、ショウはショウでいいじゃない」

「もう決めたんだ。ありがとう、凪紗。苦しいのに愛しい気持ち、教えてくれて」

「ちょっと、ちょっと待ってよ。風に溶けるとか、なに？　なんでそんなこと言うの？　だいたいショウの、あのふるさとのナギの大木が枯れない限り、ショウは生き続けるって言ったじゃない！」

ふっと笑ったショウが、左耳のピアスに触れた。

いっとき目を閉じたあとこちらを見つめ、花束ごと私の両手をにぎる。

「想いを断ち切るためにはこうするしかないんだ……凪紗、元気でね」

ショウの顔が近づく。ふいに唇に、やわらかな感触。私は目を閉じてキスを受け入れた。

ショウの姿が銀色に光りはじめたのがわかった。まぶたの向こうがまぶしい。

そうして部屋の中に一陣の風が吹き、「ありがとう」という声とともに辺りは暗くなった。

目を開けると、ショウがいない。

私の声だけがむなしく響く。

「ショウ？　……ショウ！」

電気をつけてあちこちさがしても、テーブルの上にもソファの上にもベランダにもロフトにも、部屋のどこにもショウはいない。もちろんミニサイズのショウも。

どこへ行ったんだろう。もしかしたらみんなにお別れを言いに？

私は花束を持ったまま、輝く月明かりの下、リュンヌへ走った。ドアを開けて見回してもショウはいない。

「どうしたの、凪紗ちゃん。目が怖いよ？」

客席から下げた皿を持ったまま、ロミさんが驚いた顔で笑った。

「こんばんは。あの、ショウがベーコンつくるのに、いろいろお世話になりました」

「ん、誰だって？」

首をかしげるロミさんの言葉が、私の中を貫いていく。

「こちらで働いているショウです。目が碧くて銀髪の、あのショウです！」

「うちで？　え？　んー……え？」

なんの冗談だろう。まさかショウの記憶をなくしている？

「昨日、ベーコンをつくったんですよね！」

「なんで知ってるの、自分がつくったって。今夜のリュンヌのおすすめは、自家製ベーコンなんだよ。その名も、もくもくベーコン。昨日、いぶされながらつくった……あれ？　誰かとつくった気がするけど……」

その真剣な表情は、こちらをからかっているものではない。まったく覚えていないんだ。

「どうしたの、凪紗ちゃん」

秋良さんがやってきた。

「あの、ショウのこと覚えてますよね？」

すがるように訊いてみても、キツネにつままれたような顔をする。

「ショウ……誰だっけ？」

「あの……もういいです！」

私は隣のペタルへ急いだ。けれど成宮さんは早番で、もうあがっていた。

ショウ、どういうこと？　まさか、みんなの記憶からも消えたってこと？　そんなの赦さない！

あとショウの行きそうなところは……ＳＬ公園かもしれない。

リュンヌからほど近い公園には、街灯に照らされてダンスの練習をしている高校生たちがいた。控えめな音量で流れるこの曲は耳にしたことがある。あの地下のライブハウスを思いだす。うなるベースの重低音。高めでちょっとハスキーボイスのボーカル……ＳＮＡＫＥ　ＮＥＣＫの曲だ。

遥人さんのメロディアスなベースラインに集中しながら、ショウをさがした。けれど真っ黒なＳＬの辺りにもベンチにも花壇にも、どこにもその姿はない。

途方に暮れる私の周りを冷たい春風が通り過ぎる。寒さを感じてスプリングコートのボタンをしめた。制服姿の高校生たちは、男女ともに振りの練習を続けている。

「凪紗さん？」

聞きなれた声に振り向くと、葉桜の下に成宮さんが立っていた。

「こんばんは！」

上ずった私のあいさつを彼は安心したような顔で受けると、「久しぶりだね」と小さく会釈をしてくれた。

「あの、ショウがいないんです。今日のシフトのあと、ペタルにお邪魔しませんでしたか？」

　みるみるうちに彼は不思議そうな表情になった。

「ショウって？」

「成宮さんまで！　お願いですから、ちゃんと思いだしてください。ショウですよ。花が大好きで、成宮さんのおかげでリュンヌでバイトをしていた……」

　首をかしげた成宮さんが、私の持っている花束に気づいた。

「それ、僕がつくったんだ、夕方」

「その人です！　これをお願いしたのがショウなんです！」

「お客さん、男性か女性かもまったく思いだせない……けど、その人に七時半ごろここに来れば、凪紗さんに会えるって言われたんだ。まさかほんとうに会えるなんて」

　街灯に照らされた成宮さんの表情は、驚きに満ちている。

「……あれ、誰だったんだろう？」

　頭の後ろに手をあて、真剣な表情で考えこむ。

「あの、この花なんていうんですか？」

「ああ、その花はニゲラ。その人が、わざわざ選んだことは覚えてる。凪紗さんの誕生日の花なんだって」

私の誕生花……だけどショウなら、なんらかの想いを花に託しているにちがいない。

「花言葉、わかりますか？」

「その人に言われて調べてみたよ。〝当惑〟、それから〝密かな喜び〟」

その意味を嚙みしめる。私が成宮さんに惹かれていることに当惑し、だけど密かな喜びでもある……ってこと？　まさか、考えすぎ？

「それからね、もうひとつの花言葉は〝夢の中の恋〟」

「夢の中の恋……」

ショウはいつだって私の味方でいてくれた。まさか私に恋愛感情があったなんて、そんなこと思ってもいなかった。

ショウは消えてしまった。自分の存在と引き換えに、私の恋を叶えようと。

私はどれだけ残酷なことをしていたんだろう。悔やんでも悔やみきれない。ごめん、ごめんなさい、ショウ。

もうほんとうに会えないの？　冷蔵庫にはまだ、ショウがつくってくれたベーコンが残っている。一緒に食べて、おいしいねって言いあいたい。それに花のこと、これからも教えてほしいのに……。

ショウがショウだから私は自然に接することができた。人じゃないからこそ、心を許せた。甘えていた。糸結びを使命とするナギの使いが、人に恋するなんて考えてもいなかった。

「そのショウって人のこと、さがしたほうがいいよね？　一緒に見つけよう」

成宮さんがやんわりと提案してくれるのを、私は頭を左右に振って断った。

「もう、この街には戻らない。見つからないと思います……」

視界がぼやける。ニゲラの花に涙が落ちる。

「凪紗のこと、よろしくって言われたよ」

私が成宮さんを見ると、彼もまた私を見た。

「その人が誰なのかは、ごめん、全然わからない。だけど凪紗さんのことを、大切に想っているんだって感じたのは覚えてる」

困ったように微笑んで、成宮さんは静かに続けた。

「僕だって、凪紗さんのことがとっても大切だよ」

やさしい声だった。そして、ずっと見つめていたいほど安心できる瞳。

信じたい、自分の気持ちを。この人のことも。

やがて来る、いつかの終わりを嘆くのではなくて、今を見つめたい。

「あのさ……これからは凪紗さんの隣に、その人じゃなくて……僕がいちゃ、ダメですか？」

　時が一瞬、止まった気がした。

　熱いものが全身を駆けめぐる。

「誕生日にブーケをプレゼントしてから、避けられてる気がして……もしかして、なにか誤解されてるのかもしれないって思ってた。だけど僕が花を贈るのは、大切な、ほんとうに好きな人にだけだよ」

　ショウが見ていた糸はきっと、この人に結ばれようとしているんだ。ショウの最期の力で。

　だったら私はショウの気持ちを無駄にはしない。怖れないで、受け止めたい。

「……私、たぶんすぐ嫉妬するんです。それに心から信じて、裏切られるのが怖い。だけどそんな弱い自分はすごく嫌いで……なのにいつのまにか私、成宮さんのお店に行くのがすごく好きになっていて……」

　ちゃんと言わないとならない。なのに、涙があふれて止まらない。

「私は、素直な気持ちのままで、私のままで、成宮さんと向きあいたいんです」

「ねえ、凪紗さん。あなたが泣いているときに、こんなこと言うのは反則かもしれない。それでも僕はこの気持ちを今、知ってほしくて」

　涙の向こうで、成宮さんが私を見ている。泣き顔を見られたくなくてうつむくと、片方の腕で抱き寄せられた。

「僕はあなたに出会えて、もっと強くなりたいと思った。あなたを守るなんて大きなことは言えないけど、力になって、ふたりで一緒になんでも乗り越えたいって思った。だから……だから、これからは不安も泣きたいことも、ぜんぶ僕に話して」

成宮さんの腕の中で、私は彼のぬくもりを知る。思いのほかがっしりとしたその腕の中で、呼吸を整える。

「凪紗さん。僕はあなたのそばにいたい。これからも、ずっと」

「うれしいです、とっても……だけど、今夜くらい、この花を選んだ人を想いたい。お弔いの儀式じゃないけど、しっかり心の中で送りだしてあげたいんです」

私は愛しい人に言った。そっと、彼から離れる。

「勝手でごめんなさい」

「すごく大切な人なんだね……僕だって、その誰かに嫉妬しちゃうけど。僕は凪紗さんのこと、いつでも待っています」

「成宮さん……」

「今夜は家まで送らせて」

恥ずかしそうに言ってくれるけれど。

「……大丈夫です。ひとりで歩きたいので」

「でも」

「ひとりがいいんです、今夜だけは」

はっきりと言うと、彼はまた、やさしい笑みを浮かべてくれた。

「そっか。うん、気をつけて……またね」

「はい。あ、あの……ここで私を待っていてくれて、ありがとうございました」

「ううん。今まで待たせたぶん、こんどは僕が待ちたくて。それじゃあね」

見送られて私は歩きだす。ＳＮＡＫＥ　ＮＥＣＫの曲をＢＧＭに。

今まで待たせた、って？　ひょっとして成宮さんは私よりも先に、私の気持ちに気づいていたのかもしれない。あるいはショウが成宮さんに、そう思わせてくれたのかもしれない。

煌々とした月明かりに照らされている。見あげると、膨らんでいく月。

ショウと出会った夜に見た、いつかの月。あれはクリスマス前だった。あのときと同じきらめきで丸くなろうとしている。

ショウを想って夜道を遠回りした。このあいだ、ふたりで歩いた住宅街を行くと、やがてある場所に甘い香りが充満しているのに気づいた。

なんの匂いかすぐに訊けるショウはいない。だから私は鼻に神経を集中させて歩く。

マスクはつけていなかった。

今この瞬間の私には、なくても大丈夫なもの、自然とそう感じられた。

すっ、と鼻から息を吸いこむ。くんくんと嗅いで、嗅覚を頼りに進む。それはまるでシャンプーを全身に浴びたような強い香りだった。

あるお宅の門柱のかたわらの鉢に、小さな白い星型の花たちが咲いていた。でたらめな花言葉を教えられた、あのハゴロモジャスミンだ。

――いろいろ思わせてくれる春が、オレはいちばん好きだな。

ショウの言葉がよみがえる。

主張する香りでも、このはじめての甘い匂いが私は好きになった。ショウみたいにたらふく飲んでみる。

哀しいときには、これ以上哀しみが大きくなる余地がないくらい、胸もお腹も満たしていっぱいにしてしまえばいい。

冷たい風が吹いた。香りがいっそう強くなる。

闇にまぎれて茂みのどこかにミニサイズのショウがいるような、そんな錯覚を覚える。

春という季節はまっさらで、いつもせつない。明日もあさっても、できるだけマスクはやめてみよう。季節の香りに包まれるためにも。

ニゲラを抱いて歩きはじめた。私はこれからもずっと、花たちが大好きだ。ショウが思いださせてくれたこの気持ちと一緒に、私は歩いていく。

ショウと暮らした四ヶ月は、私と花とを、そして大切な人たちとも、ご縁を結んでくれた。

〝夢の中の恋〟——夢なら夢のままがよかったのに。だけど現実は、そうはいかない。目覚めてそれから歩きださなければならないんだ。

私の背中を押してくれたショウ。もしかするとほんとうに風に溶けているのかもしれない。いつでも私のそばにいてくれるのかもしれない。

「ありがとう、ショウ」

風につぶやきを乗せたら届くような気がした。

ニゲラの花びらが春風に、ゆうらりと揺れている。

本書は書き下ろしです。

【参考文献】

『愛の花ことば　花の伝説』内山登美子 編著　集英社
『花言葉・花贈り』濱田豊 監修　池田書店
『花のことば12ヶ月』川崎景介 監修　山と渓谷社
『すてきな花言葉と花の図鑑』川崎景介 監修　西東社
『青いバラ』最相葉月 著　小学館
『白金之獨樂』北原白秋 著　金尾文淵堂
『美しい暦のことば』山下景子 著　インデックスコミュニケーションズ
『ザ・ベスト・カクテル』花崎一夫 監修　永岡書店
『知識ゼロからのカクテル&バー入門』弘兼憲史 著　幻冬舎
『知恵の輪読本　その名作・分類・歴史から解き方、集め方、作り方まで』秋山久義 著
新紀元社

花屋《はなや》カフェLune《リュンヌ》のスペシャリテ
人《ひと》の縁《えにし》を結《むす》ぶわんこ系男子《けいだんし》との不思議《ふしぎ》でおいしい4ヶ月《かげつ》
白井《しらい》カナコ

2022年11月5日初版発行
発行者……………千葉 均
発行所……………株式会社ポプラ社
〒102-8519 東京都千代田区麹町4-2-6
フォーマットデザイン 荻窪裕司(design clopper)
組版・校閲 株式会社鷗来堂
印刷・製本 中央精版印刷株式会社

落丁・乱丁本はお取り替えいたします。

電話(0120-666-553)または、ホームページ(www.poplar.co.jp)のお問い合わせ一覧よりご連絡ください。
※電話の受付時間は、月〜金曜日、10時〜17時です(祝日・休日は除く)。

ポプラ文庫ピュアフル

ホームページ www.poplar.co.jp

N.D.C.913/302p/15cm
ISBN978-4-591-17538-5
P8111343